정령사
헌터 성공기

8

양인산 현대판타지 장편소설

MODERN FANTASY STORY & ADVENTURE

dream
books
드림북스

정령사 헌터 성공기 8

초판 1쇄 인쇄 2016년 2월 23일
초판 1쇄 발행 2016년 3월 4일

지은이 양인산
발행인 오영배
책임편집 편집부
표지 · 본문 디자인 권지연
일러스트 신상원
제작 조하늬

펴낸곳 (주)삼양출판사 · 드림북스
주소 서울시 강북구 도봉로 173
대표 전화 02-980-2112 **팩스** 02-983-0660
출판등록 1999년 3월 11일 제9-00046호.

© 양인산, 2016

ISBN 979-11-313-0434-1 (04810) / 979-11-313-0339-9 (세트)

드림북스는 (주)삼양출판사의 판타지 · 무협 문학 브랜드입니다.

정령사
헌터 성공기

8

양인산 현대판타지 장편소설

MODERN FANTASY STORY & ADVENTURE

dream
books
드림북스

정령사
헌터 성공기

목차

Chapter 01
새로운 친구

어둠의 기운을 몰아내는 법을 알게 된 재현이 일어나자마자 본 것은 윤정의 얼굴이었다.

윤정의 뾰로통한 얼굴로 그를 내려다보고 있었다. 그러면서 미소를 짓는데…… 왜 그 모습이 무서운 것인지 모르겠다.

"오빠, 나한테 할 말 없어?"

"어……."

할 말? 뭘 잘못했는지 알아야 무슨 말을 꺼낼 것이 아닌가.

재현이 윤정과 지내본 바로 이유도 모르고 '미안'이란

말을 꺼내면 뭘 잘못했는지 집중 추궁당할지도 모르기 때문이다.

"스승이란 사람이 와서 오빠를 데리고 왔더라고."

"아, 그래?"

결국 현주가 데리고 온 모양이었다. 고맙다고 생각하고 있는데…… 윤정의 분위기가 더욱 심상치 않게 되었다.

"참 예쁜 스승을 둬서 좋겠어."

"……."

뭔가 했더니 질투였던 모양이다. 아니면 자신에게 말도 하지 않고 현주와 수련을 했던 것에 화가 난 것 같았다.

'새벽에 나가고 아침에 들어왔으니…… 오해할 만한가?'

입장을 바꿔 생각하면 충분히 그럴지도 모른다는 생각이 들었다. 누구라도 오해할 만한 일이다.

"난 스승님하고 아무런 것도 없었어. 진짜 수련만 했을 뿐이야."

정 못 믿겠으면 정령을 소환하면 그만이다. 정령들은 거짓말을 거의 하지 않는다. 양심이 찔리는 짓을 정령들은 하지 않기 때문이다.

"오빠가 바람을 피지 않았을 거란 생각은 가지고 있는데, 누가 그걸 물어봤어?"

그걸 걱정했던 것이 아닌 것 같았다. 자신을 믿어 준다니

고맙긴 한데 그 덕분에 뭐가 문제인지 전혀 감을 못 잡았다.

"어둠의 정령과 연관된 수련인지 뭔지 한다면서."

"응."

"그거 무지 위험한 거 아니야? 어떻게 하면 기절해서 오는데?"

윤정이 걱정하는 것은 바로 그것이었다. 무슨 일이 있었는지 현주를 통해 자초지종을 들은 그녀는 그가 기절한 것을 보고 매우 위험한 것을 하고 있는 것이 아닌가 걱정한 것이다.

"내가 얼마나 걱정했는지 알아?"

"미안."

재현은 윤정을 꼭 안아 주었다. 그녀는 그의 품에 안겨 가만히 있었다. 한동안 그러고 있노라니 갑자기 방문이 벌컥 열리며 누군가가 들어왔다.

"알콩달콩한 건 보기 좋네요. 저도 신혼 때 그랬던 적이 있었죠."

방문을 열고 들어온 이는 현주였다. 재현은 그녀가 나타나자 화들짝 놀랐다.

"여, 여긴 왜 계세요?"

"귀신 본 듯한 표정은 그만 둬 주실래요? 제자님 모셔다

드리고 설명하다가 보니 잠깐 있게 되었을 뿐이니까요. 그나저나 제자님의 집은 인테리어가 깔끔하군요. 제자님 여자 친구분이 하신 건가요?"

원래 재현이 처음 왔을 때는 이토록 깔끔한 편은 아니었다.

더 깔끔하게 보이기 위해 벽지와 바닥을 새로 도배했는데, 윤정이 하고 싶어 하는 것을 따랐을 뿐이다.

그것도 모자라 장식이나 가구 배치도 도맡아서 했다.

재현은 그저 옮기는 것만 했을 뿐. 그녀의 미적 센스가 뛰어난 덕분에 재현에게도 만족스럽게 인테리어가 되었다.

"저도 이런 미적 센스가 있었으면 좋았을 텐데."

현주는 그런 감상은 여기까지 하고 본론을 말하기로 했다.

"그럼 이제 어둠의 정령과 계약은 잠시 보류해 두세요."

"예?"

이제 어둠의 기운을 물릴 수 있게 되었는데 보류해 두라니? 재현은 의아한 눈으로 그녀를 바라보았다. 지금까지 어둠의 정령과 계약하기 위해 고생했는데 그만두라고 하면 누구나 같은 반응일 것이다.

현주는 그 이유를 설명해 주었다.

"지금부터 제가 어둠의 정령과 계약을 할 때 좋지 않은 얘기들을 설명할 거니까요. 평생 감수해야 될 문제들이에요."

아주 심각한 문제를 내포하고 있다는 뜻이다. 재현은 고개를 끄덕이며 자리에서 일어났다.

"여자 친구분도 옆에서 들으세요. 일상에서 지켜 줄 사람은 여자 친구분이실 테니까요. 아, 제자님. 그리고 정령들도 들어야 하는 사항이니 모두 소환하시고요."

일단 거실로 나와 음료수와 과자를 내온 윤정은 재현의 옆에 앉았다.

무슨 의미인지 잘 모르지만 뭔가 있구나 생각하며 윤정은 침을 목 뒤로 넘겼다. 재현은 정령들을 소환했다.

맞은편에 앉아 있는 현주가 음료수를 홀짝이며 목을 축였다. 묘한 긴장감이 감도는 가운데, 그녀가 드디어 입을 열었다

"일상생활에서도 이게 나타날 수 있어요. 좋지 않은 감정을 느껴도 어둠의 기운이 쌓이죠. 자신도 모르는 사이에 말이죠."

"부정적인 생각도 하지 말라는 건가요?"

"인간인 이상 그건 불가능하겠죠? 아파서 병원에 갔더니 의사가 스트레스 받지 말라고 진단을 내리는 거랑 같은 거죠. 전 무책임하게 부정적인 생각을 하지 말라고 하는 스승

이 아니에요."

현주는 미소를 지으며 포크를 손 위에서 빙글빙글 돌렸다. 신기한 묘기를 부리는데 워낙 진지한 얘기를 나누기 때문인지 눈에 들어오지 않았다. 그녀는 정령들을 바라보았다.

"되도록 안 하는 편은 좋으나, 불가능하니 옆에서 뭔가 좋지 않은 낌새가 보이면 바로 제자님에게 알려 주도록 하세요. 알겠죠?"

"네!"

"맡겨 주세요! 자신 있어요."

재현의 정령들이 일제히 대답하자 만족스러운 듯 웃더니 다시 시선을 재현에게로 향했다.

"이게 가장 중요한 일인데, 폭주에 관한 거예요."

폭주. 재현은 여러 번 겪어 봐서 폭주가 일어나면 어떻게 되는지 잘 알고 있다. 모든 기운이 다 빠지고, 며칠을 앓아눕는 경우가 허다하다.

자신이 발휘할 수 있는 능력 이상으로 사용하기 때문이다. 대부분은 감정을 주체하지 못할 때 발휘되는 경우가 허다하다.

"어둠의 정령과 계약을 하다 보면 항상 폭주와 연결이 되기 십상이죠."

"감정 때문인가요?"

"역시 잘 아시네요, 제자님은. 예, 맞아요. 능력의 폭주
는 주로 능력자들의 감정에 변화가 왔을 때 오기 쉽죠. 어
둠의 정령과 계약하면 어떻게 되겠어요?"

"감정이 예민해지니 폭주하기 쉬워진다?"

"예, 찰떡같이 알아들으시니 좋네요."

그다지 어려운 말은 아니다. 현주가 워낙 쉽게 말해 주는
덕분에 누구라도 재현처럼 즉각 대답할 수 있을 것이다.

"그것 외에도 어둠의 기운을 흡수할 때 옆에서 많이 도
와줘야 해요. 만약 통제하기 어려운 지경까지 도달하면 제
게 즉각 연락하시고요."

현주는 쪽지를 꺼내더니 윤정에게 건네주었다. 만일의
상황이지만, 정말 옆에서 아무리 해도 진정이 되지 않을 때
는 반드시 연락을 하라고 준 것이다.

"제정신이 아닌 제가 반항할 수도 있는데 어떻게 하시려
고요?"

"후후, 제자님께서 절 신용하지 못하는 모양이네요. 당
연히 기절시켜 놓고서라도 억지로 기운을 정화시킬 거예
요. 물론 그에 수반하는 고통이 찾아오겠지만요. 외부에서
강제로 행하다 보니 그 여파가 장난이 아닐 거예요. 몇 달
은 앓아누워야 할지도?"

"……."

그런 일이 발생하지 않게 하기 위해서 재현은 열심히 하겠다고 고개를 숙였다.

"여자 친구분께서는 헌터가 아니라 그것을 파악하기가 쉽지 않을 거예요. 능력을 발휘하는 마나라든가 기라든가 그 외 초월적인 기운을 느끼는 게 불가능할 테니까요."

"그럼 어떻게 알아내죠?"

"일반인이라도 본능적으로 느낄 수 있어요. 특히 어둠의 기운 같은 경우 소량으로도 충분히 공포감을 조성할 수 있고요. 평소와 너무 다른 모습까지 가면 늦지만요."

"그럼 어떻게 미리 파악하면 되죠?"

윤정은 재현과 관련된 일이다 보니 현주의 말에 경청하고 있었다. 그런 모습을 보니 보기 좋다는 듯 흐뭇한 미소가 지어진 재현. 현주도 보기 좋다는 듯 재현과 다를 바 없는 표정으로 답해 주었다.

"제자님 곁으로 갔을 때 뭔가 다가가기 싫은 느낌이 들거나, 제자님의 성격이 좋지 않은 쪽으로 변하고 있다고 생각할 때 바로 알리세요. 물론 옆에 항시 정령들이 있겠지만 혹시 모르니까요."

부득이하게 소환하지 못하는 상황이 닥쳐서 어둠의 기운에 먹힐 것을 염려하는 것이다.

윤정은 침을 꼴깍 삼키며 고개를 두 번 끄덕였다.

"제자님은 하루에 세 번 어둠의 기운을 살피시고요."

"그렇게 자주요?"

"네. 불순물이 한 번 생겨나면 금방 다시 차오르거든요."

여러 가지로 할 일이 많다고 생각했다.

"만약 제가 여기서 어둠의 정령과 계약을 하지 않으면 어떻게 되나요?"

"별거 없어요. 가계약은 풀리고, 이런 귀찮음은 감수하지 않아도 되죠. 딱히 계약을 하지 않는다고 제가 스승의 역을 안 할 것도 아니고요."

그녀가 재현을 제자로 들인 것은 그저 스승의 역할을 해보고 싶다는 것도 있지만, 그의 재능에 반해서였다.

그가 얼마나 더 높이 올라갈 수 있는지 지켜보고 싶기도 했다.

'어둠의 정령과 계약을 하면 분명 강해지겠지.'

재현이 어둠의 정령과 계약을 하게 되면 지금까지 경험하지 못했던 새로운 것을 맛볼 수 있게 될 것이다.

대가는 많이 따르지만 그만큼 얻어 가는 것도 컸다.

현주는 어둠의 정령과 계약하는 것이 손해냐고 물어보면, 애매하다고 대답할 수 있다. 겉으로 드러나는 손해는 분명 있지만, 드러나지 않는 이익도 있기 때문이다.

그녀도 어둠의 정령과 계약을 하고 꽤 많은 깨달음을 얻었다.

어둠의 정령과 계약하기 전이니 계약을 하지 않으면 상관은 없다. 과연 그가 어떤 결단을 내릴지도 참으로 궁금하기도 했다.

"천천히 생각하세요. 당장 하지 않아도 되는 문제니까요."

어둠의 정령들은 알려진 것과 다르게 소심하면서도 조심성이 많았다. 계약자를 궁지로 몰 수도 있으니 당연하다면 당연한 일이다.

잠깐 턱에 손을 짚고 있던 재현. 깊은 고민에 빠진 것처럼 보이지만, 그는 곧장 입을 열었다.

"음…… 역시 계약을 하는 게 좋을 거라 생각해요."

"우리 제자님은 결단이 참 빠르시네요. 신중하게 결정하라고 했던 말이 무색해지게 말이에요."

적어도 하루 정도는 진지하게 고민할 줄 알았더니 곧장 계약을 하겠단다.

다른 사람들이라면 거부감부터 들었겠지만, 그는 거부감이 커 보이지 않았다.

아직 제대로 이해하지 못한 것인가란 생각이 들었지만,

그것이 아니었다.

그는 어둠의 기운을 쌓은 후 자신의 심경에 변화가 온 것을 알고 감수할 게 얼마나 많은지 예상할 수 있었다.

예상만 해도 힘겨울 것이라 생각한다.

실제로 겪는 것은 더욱 힘겨울 거라는 생각도 당연히 가지고 있고, 경각심도 있다. 하지만 그는 지금까지 걸리는 것이 있었다.

"저와 계약하겠다고 한 다크니아스가 불쌍하잖아요."

"예?"

그의 황당한 답변에 현주가 멍한 표정을 지었다. 옆에 있던 윤정도 별로 다를 바 없는 표정이었다.

고작 불쌍하다는 이유로 계약을 하겠다고? 그 누가 생각한 방법일까.

"오빠, 진지하게 고민하고 해야지!"

"아야야야!"

윤정이 재현의 귀를 잡고 쭉 잡아당겼다. 재현이 항복 의사를 표시했지만, 윤정은 결코 놔줄 기미가 보이지 않았다.

귀가 시뻘겋게 물들어서야 윤정이 귀를 놔주었다. 살짝 눈물을 머금은 재현이 항의하듯 말했다.

"하지만 그 녀석. 정말 불쌍한 녀석이란 말이야. 아니, 그 녀석만이 아니라 모든 어둠의 정령들도 마찬가지일 거라고. 자기 존재를 부정하면서도 친구를 만들고 싶어 하잖아. 난 그런 녀석의 친구가 되어 주고 싶을 뿐이야."

윤정은 재현을 보고 더욱 황당한 표정을 지었다. 재현이 이런 사람이었나 생각이 들었다. 윤정이 정령들을 바라보았다.

"얘들아. 오빠 좀 말려 줘."

하지만 정령들은 그런 기미가 보이지 않았다. 오히려 감동한 표정을 지었다.

"윤정아, 포기해. 재현이는 원래 이런 사람이야."

"같은 인간들에게는 모르겠는데, 정령에게 한해서는 더없이 따뜻해."

"포기…… 재현이 이미 정한 건 누구도 말리지 못해……."

"저, 저도 이런 재현이를 좋아해요."

윤정은 재현의 편을 들어 주는 정령들을 보며 살짝 원망이 섞인 표정을 지었다. 이제 믿을 건 스승이라는 현주밖에 없지만, 그녀가 갑자기 폭소를 터트렸다.

"호호호!"

현주가 크게 웃자 재현은 물론 윤정과 정령들도 일동 그녀를 주목했다. 그녀가 이렇게까지 웃는 것은 재현은 물론이고 정령들도 보지 못했다.

한동안 크게 웃던 현주는 곧 진정할 수 있었다.

"아, 죄송해요. 저도 모르게 그만. 이렇게 웃는 것도 오랜만이네요. 전혀 생각지도 못한 답변이에요. 제자님은 역시 독특해요. 제 예상을 항상 벗어나는 것 같아요."

현주는 포크를 들고 접시에 있는 사과를 콕 찍어 한입 베어 물었다.

"좋아요. 제자님 여자 친구분께서도 지금 의견을 존중해 주세요. 분명 앞으로 힘들겠지만 나중에는 그것이 서로를 더욱 굳건하게 해 줄 거예요. 저도 10년이 넘도록 신혼 생활을 만끽하고 있거든요."

얼굴이 벌게지는 윤정. 재현은 하하 웃으며 윤정의 허리를 쿡 찔렀다. 윤정이 그만하라는 듯 손을 치고 있지만 딱히 싫어하는 표정은 아니었다.

"이건 인식의 차이겠지만 제자님도 힘든 것 이상으로 꽤 많은 걸 얻을 수 있을 거예요. 이건 스승인 제가 자신 있게 말할 수 있어요. 저도 처음에 다크니아스와 계약을 했을 때 힘든 일이 많았지만 후회하지 않아요. 다시 그때로 돌아가도 전 무조건 할 거예요."

포크에 남아 있는 사과를 마저 다 먹고서 다시 말을 이었다.

"분명 후회도 할 거예요. 하지만…… 제자님의 얼굴을 보니 결의가 장난이 아니네요. 저도 옆에서 열심히 알려 줄 테니 여자 친구분께서도 안심하시고요."

재현과 윤정이 고개를 끄덕였다.

*　　　*　　　*

고요한 새벽. 결국 현주는 새벽까지 재현의 집에 머물렀다가 다 함께 밖으로 나왔다.

이왕 결단을 내린 거 바로 계약을 하기로 했기 때문이다. 이 모습을 지켜보기 위해 윤정도 함께 자리했다.

정령과 계약하는 것을 처음 보기 때문이다. 재현과 같이 지내면서 정령과 계약하는 모습을 단 한 번도 본 적이 없는 윤정. 헌터들 대다수도 정령사가 정령과 계약하는 모습을 본 적은 드물 것이다.

"자, 이제 조명을 끄도록 하죠. 어둠의 정령과 계약할 때는 어둡게 하는 게 가장 좋거든요."

밝은 조명들을 전부 끄자 어느새 주위가 어두워진다. 밤하늘에 달이 걸려 있어 윤곽이 보인다는 것이 그나마 다행이었다.

"다크니아스. 나와."

재현의 말에 이마에서 빛이 어리기 시작했다. 곧 그의 눈앞에 꾸물꾸물 무엇인가가 움직이더니 하나의 형체가 완성

되었다.

"기다리다가 목이 빠지는 줄 알았어."

다크니아스가 반갑다는 목소리로 도발적인 미소를 짓고 있었지만, 아쉽게도 어둠에 익숙지 않은 재현은 그 표정을 볼 수 없었다. 다크니아스는 옆에 있는 현주와 윤정을 보고 고개를 갸웃거렸다.

"저기 있는 인간들은 누구야?"

지금껏 재현이 결정을 내릴 때까지 정령계에 있던 다크니아스. 그간 재현이 어떤 노력을 했는지 몰랐다.

두 명의 인간. 그리고 그중 한 명에게서 정령력이 느껴지자 신기하다는 듯 현주를 바라보는 다크니아스. 현주는 어둠의 정령과 계약한 덕분인지 재현과 다크니아스를 표정 하나까지 볼 수 있었다.

그녀가 손을 들어 다크니아스에게 인사했다.

"나와 다른 어둠의 정령과 계약한 계약자?"

다크니아스가 신기하다는 듯 현주를 바라보았다. 그녀의 왼쪽 손등에 새겨진 문양을 보고 단번에 알 수 있었다.

인간들이 보기에는 살 속에 녹아들어 보이지 않지만, 정령들은 계약자들이 어떤 정령들과 계약했는지 볼 수 있는 탓이다.

"내 스승님과 내 여자 친구."

"헤에…… 그렇구나. 그러고 보니 너에게서 어둠의 기운
이 조금씩 느껴져."

다크니아스가 재현의 가슴에 손가락을 얹더니 빙글빙글
돌렸다. 마치 유혹하는 듯한 모양새다.

재현은 다크니아스가 갑자기 가슴에 손가락을 대고 빙글
돌리니 조금 당황했지만 딱히 피하지는 않았다.

'뭐라고 해야 할까…… 일부러 거리를 벌리게 만들려는
것 같은 행동이면서도 조심스럽네?'

서서히 익숙해진 눈으로 다크니아스의 얼굴이 조금씩 보
인다.

녀석의 얼굴은 걱정스러운 표정이었다. 다만 윤정의 태
도는 재현과 달랐다.

눈이 어둠에 익숙해졌다고 하더라도 어둠의 기운이 없는
윤정은 다크니아스의 표정까지 볼 수 없던 탓이다.

"너 지금 내 오빠한테 추파 던지는 거야?!"

윤정이 빼액 소리를 질렀다. 잘 보이지 않는다고 해도 윤
곽이 대충 보이는 탓에 다크니아스가 무슨 짓을 한 것인지
보았기 때문이다.

아무도 없는 공터에서 소리를 지르니 그녀의 목소리가
지천에 울렸다. 다크니아스가 재밌다는 듯 까르르 웃었다.

한동안 까르르 웃는 다크니아스와 윤정을 말리는 현주.

한동안 시끌벅적하다가 다크니아스가 간신히 진정하고 그에게 물었다.

"어떻게 하기로 한 거야? 계약을 하기로 결정한 거야, 아니면…… 거절하려는 거야?"

뒷말이 조심스러웠다. 재현과 계약을 하고 싶다면서 신중히 생각해 달라고 했던 녀석이 거절을 당할까 봐 눈치를 보고 있다니. 재현은 방긋 미소를 지었다.

"계약하려고 부른 거야."

"고민은 끝난 거야?"

다크니아스의 표정이 한껏 밝아졌지만, 곧 다시 걱정스러운 표정으로 변했다.

"그런데 정말 나와 계약할 셈이야?"

다시 한 번 묻는 다크니아스. 재현은 지금껏 당당한 모습과 달리 조심스러운 녀석의 얼굴을 보고 짠한 느낌을 받았다. 녀석에게서 계약자가 될 재현에 대한 걱정이 크다는 것이 느껴진 것이다.

"괜찮아. 이미 결단을 내렸으니까."

"이유가 뭐야? 힘을 원하는 거야? 아니면 자신감? 아니면 인간이 흔히 말하는 젊은 날의 치기?"

"힘도 원하고 자신감도 있어. 젊은 날의 치기인지는…… 좀 생각해 봐야겠지만 그것일 수도 있겠지. 하지만 근본적인 건 그게 아니야."

재현이 다크니아스와 계약을 하고 싶다고 결단을 내린 것은 결코 진부한 것이 아니다. 매우 단순한 이유다.

"너와 친구가 되고 싶을 뿐이야."

"고작 그것뿐?"

"응."

"닭살 돋네. 힘도, 자신감도 아니고, 젊은 날의 치기도 아닌 그저 친구가 되고 싶어서 그런 거라고?"

"말했잖아. 그 이유가 전부야."

다크니아스가 황당한 표정을 감추지 못했다. 지금까지 고민할 시간을 주고, 정령계에서 조마조마하며 기다렸는데 그 한마디로 허무해졌기 때문이다.

"혹시 너 아무 생각 없는 거 아냐?"

"그럴지도?"

"바보같이. 나와 계약하는 건 신중히 결정해야 하는 문제야. 그런데 아무 생각도 없이 계약한다는 게 말이 돼? 지금 결정을 후회할 수도 있어. 어둠의 정령이 어떤 영향을 끼치는지 제대로 이해하지 못한 거야?"

갑자기 다크니아스가 자신을 부정한다. 재현은 이에 피식 웃으며 질문에 답하지 않고 오히려 되물었다.

"그럼 너에게 물어볼게. 계약을 하고 싶다고 한 녀석이 왜 자꾸 자신을 부정하는 거야?"

"무슨 소리야?"

"넌 나와 계약을 하고 싶은 거 맞지?"

"맞으니까 가계약을 했겠지."

"그럼 계약하자고 하면 좋다고 달려들어야 정상 아니야? 이유야 어쨌든 간에 자신이 원하는 사람과 계약을 할 수 있으니까."

재현의 말은 틀리지 않았다. 그의 말대로다. 아무리 계약자가 아무 생각 없이 계약을 하자고 해도, 자신이 원하는 이와 계약을 할 수 있다는 것은 정령들에게 더없이 좋은 일이다.

"나는……."

재현은 다크니아스의 말을 가로챘다.

"날 걱정하고 있는 거라고? 그럼 나도 자신 있게 말할 수 있어. 나는 네가 걱정이 돼."

다크니아스의 반응이 확 바뀌었다. 갑자기 자신을 걱정한다고 하니 의아한 것이다.

"너는 단순히 자신이 해로운 존재로만 여길 뿐이잖아."

"계약자가 될 이를 걱정하면 안 돼?"

"그게 잘못된 거라고 내가 말하고 있는 거야."

그게 뭐가 잘못이냐고 항의를 하려고 하지만 입이 열리

지 않았다. 왜 입이 열리지 않는 것인지 다크니아스 본인도
잘 모를 일이다. 재현은 이 기세로 계속 이어 말했다.

"친구가 되고 싶다. 그게 어려운 부탁이야?"

"하지만……."

"후회는 내 몫이야. 너는 그저 지금 상황에 좋아하기만
하면 되는 거야. 서로 좋은 거야. 너는 나는 물론이고 나와
계약한 모든 정령들과 친구가 되는 거야. 봐 봐. 나와 계약
한 정령들이 너를 꺼리는 것 같아?"

재현이 정령들을 소환했다. 다들 소환이 되자마자 다크
니아스를 발견하고 손을 흔들어 주었다.

"제 다크니아스보다 마음이 여린 어둠의 정령이었군요."

현주도 이에 가세해 자신의 정령인 다크니아스와 실라이
론을 소환했다. 녀석들도 반가운 표정으로 손을 흔들고 있
다.

"……."

다크니아스는 복잡한 표정으로 이를 바라보고 있었다.

"그동안 괴로웠지? 이러지도, 저러지도 못하고. 또 나와
계약을 하고 싶어 자신 있게 다가왔는데, 계약 후에 내게
일어날 일에 걱정도 하고. 하지만 걱정하지 마. 그에 대한
대비는 했으니까. 너는 내게 이상한 낌새가 보이면 말해 주
면 돼. 그뿐이야."

"……."

다크니아스가 침묵하며 고개를 푹 숙였다. 한동안 그 자세로 있다가 간신히 입을 열었다.

"바보 같네."

다크니아스의 눈가에는 살짝 눈물이 맺혀 있었다.

"정말이지 바보 같은 계약자야."

다크니아스는 실없는 웃음을 지으며 말을 이었다.

"그런 바보 같은 계약자에 끌린 나도 바보 같은 정령이고."

한동안 실없이 웃는 다크니아스. 재현도 미소를 지으며 실없이 웃어 주었다. 한동안 실없이 웃고 나서 다크니아스가 다시 진지한 표정을 지었다.

"분명 후회할 거야."

재현은 고개를 끄덕였다.

"아마도 그럴 거야."

"그때 날 원망해도 소용없어."

"걱정하지 마. 전부 극복해 보일 테니까. 너도 더 이상 외롭지 않을 거야. 이렇게 친구들이 많잖아."

화사한 미소가 감돌았다.

"마지막으로 물을 게. 정말 나와 계약을 하고 싶어?"

"여기까지 와서 또 묻는 거야? 당연한 거 아냐? 친구가 되어 줘, 다크니아스."

다크니아스의 얼굴에 그 어떤 때보다도 기쁜 표정이 드러났다. 주위는 어두운데 지금만큼은 다크니아스의 얼굴이 보름달보다도 밝았다.

화악!

그들의 주위로 바람이 불어오며 마법의 진이 만들어졌다. 정령 계약의 시작이었다.

"정령 다크니아스는 인간 박재현과 정령의 계약을 통해 서로의 감정을 공유하고 돕기로 이 자리에서 약속한다."

"인간 박재현은 정령 다크니아스와 정령의 계약을 통해 서로의 감정을 공유하고 돕기로 이 자리에서 약속한다."

"나 정령 다크니아스는 언제나 힘이 되어 계약자를 돕기로 맹세하고."

"인간 박재현은 계약자로서 다크니아스에게 힘이 되어 주도록 맹세한다."

어둠의 빛이 그들의 주위로 요동쳤다. 어둠의 빛은 그들의 몸을 감싸 안았다. 어둠의 힘임에도 어쩐지 따뜻하다고 느껴지는 것은 왜일까? 그런 의문을 품으면서도 정령 계약은 계속 진행되었다.

"이 자리에서 정령 다크니아스와 인간 박재현은 계약 관계를 뛰어넘어 친구가 되기로 약조한다."

등에서 오싹한 기운과 함께 한기가 느껴졌다. 정령 계약은 이것으로 끝.

재현은 오한이 드는 느낌을 아직도 떨칠 수 없어 몸을 부르르 떨었다.

"정령 계약은 정말이지 익숙해지지 않네. 입이 저절로 움직이는 것도 그렇고, 정령들마다 계약의 증표가 스며드는 느낌이 다른 것도 그렇고."

다크니아스와 계약할 때는 오싹오싹한 것이 몸이 절로 떨렸다.

"이게 끝이야?"

윤정이 생각보다 실망스럽다는 반응이었다. 정령계약을 처음 봤는데 너무 싱거운 탓일 것이다.

"응. 이게 끝이야."

"뭐야, 하는 것도 별로 없네. 뭔가 화악 빛나고, 거창할 줄 알았는데."

정령들과 계약할 때는 빛이 주위로 터져 나오는 장관이 연출되지만, 어둠의 정령인 탓에 빛이 없었다. 덕분에 윤정이 기대한 것은 볼 수 없었다.

다음에 다른 정령과 계약할 일이 있을지 모르지만 기회가 된다면 그걸 보여주기로 했다. 다른 정령들이라면 그녀가 기대하는 것을 볼 수 있을지도 모르니까.

"반가워, 다크니아스."

"반가워. 앞으로 잘 지내 보자!"

"반가워······."

"바, 반가워요."

운다인, 썬다이넨, 메타이온, 노임이 다크니아스를 반갑게 맞아 주었다. 그들이 일부러 다가오자 다크니아스는 크게 당황했다.

"너희들은 내가 안 무서워?"

"괜찮아. 저기 있는 다크니아스와 함께 있다 보니 익숙하니까."

운다인이 현주의 다크니아스를 가리켰다.

"그러고 보니 서로 같은 다크니아스네요. 말할 때 불편하겠어요."

"뭐, 제자님이 제 다크니아스를 부를 때 스승님의 다크니아스라고 하고, 제가 제자님의 다크니아스라고 부를 때, 제자님의 다크니아스라고 하면 되지 않을까요?"

현주는 별로 신경 쓰지 않는다는 듯 어깨를 으쓱여 보였다. 재현은 머리를 긁적였다. 서로의 정령을 부를 일도 적을 테니 딱히 상관은 없지 않을까란 생각이 들었다.

그런 시답잖은 생각을 하고 있는데, 재현의 다크니아스가 다가왔다.

"후회하지 않는다고 했지?"

"또 그 말을 하는 거야? 난······."

재현이 말을 하다 말았다. 다크니아스의 표정이 심상치 않은 탓이었다. 다크니아스는 고개를 돌려 윤정을 바라보았다.

"너도 재현이의 결정을 존중해?"

"싫어도 따라 줘야지. 별수 있나."

한숨을 내쉬는 윤정. 재현은 자신의 의견에 따라주는 윤정에게 감사하게 생각했다.

"그렇단 말이지?"

갑자기 다크니아스의 표정이 짓궂게 변했다. 도발적인 웃음. 재현과 윤정은 다크니아스의 표정에 의아함을 표했다. 왜 저러지? 라는 생각이 들기도 전에 다크니아스가 갑자기 재현의 품에 안겨 왔다. 그리고 얼굴을 가슴에 묻고 부비적거렸다.

"나는 외로움을 잘 타서 좀 까다로울 수도 있어. 아마 매일 이렇게 안아 줘야 할 거야."

운다인, 썬다이넨, 메타이온, 노임이 하면 애교를 부리는 느낌인데, 다크니아스가 하니 완전히 다르다.

현주의 다크니아스는 고등학생의 모습처럼 보인다면 재현의 다크니아스는 겉보기에 성숙한 모습이다.

게다가 요염한 몸매를 자랑하고 있어 그에게 안겨드니 느낌이 확 달라졌다.

재현이 곤란한 얼굴로 어떻게 해야 할지 당황해하며 윤정의 눈치를 봤다. 윤정은 다크니아스를 노려보았다.

"너, 너……! 오빠한테 당장 떨어져!"

"호호호!"

다크니아스가 멀리 도망치고, 윤정이 그 뒤를 따랐다. 재현은 그들을 보며 피식 웃었다.

'당분간 집안이 좀 시끄러워지겠지만 재밌겠네.'

그런 생각을 하고 있는데, 지금에서야 떠올랐다는 듯 현주가 그의 어깨를 치며 그를 불렀다.

"그런데 제자님. 그 나이에 중2병이 있는 거 아니에요? 솔직히 아까 친구가 되고 싶네 뭐네. 듣는 내내 닭살 돋았어요."

"……."

재현은 자신이 다크니아스에게 했던 말이 떠올라 얼굴이 새빨개졌다. 당분간 자려고 하면 이불을 걷어찰 것 같았다.

*　　*　　*

일주일에 한 번, 헌터 양성소에 오는 재현.

어둠의 정령과 연관된 일이다 보니 사례를 적어야 하기 때문에 어쩔 수 없이 찾아오는 경우였다.

물론 마스터 헌터의 감독하에 수련을 받고 있다는 말도 빼놓지 않았다. 그는 정우와 만나 다크니아스를 보여 주었다.

"결국 계약을 했구나."

다크니아스가 방긋 웃으며 손을 흔들어 주었다. 재현은 머리를 긁적였다.

"그러게요. 결국 하게 됐네요."

"그래도 뭐 괜찮겠지. 마스터 헌터의 제자가 되어서 어둠의 기운을 물리는 방법을 알 수 있다고 하니까."

대한민국에서 다섯 명밖에 없는 마스터 헌터는 그 누구보다도 신용할 수 있는 사람이다.

사람들에게 얼굴이 많이 알려지지 않고 국가에서도 개인 정보에 락이 걸려 있지만 그만큼 실력이 출중하기 때문이다.

재현에게 심상치 않은 일이 생길 경우 그녀가 말릴 수 있을 테니 안심이 되었다.

"그래서 어떻지?"

"어떤 걸 말씀하시는 거죠?"

"어둠의 정령과 계약 후 달라진 점 말이다. 어둠의 기운을 물리는 방법이 확실히 효과가 있던가?"

"예. 확실히 효과가 있어요. 다만 부정적인 감정 자체가 어둠의 기운을 흡수하는 일이라서 제가 모르는 사이에 쌓이는 경우도 있지만요."

그럴 때는 정령들이 알려 주고 있다는 말도 추가적으로 말해 주었다.

"설마 마스터 헌터를 직접 찾을 수 있을지 몰랐다."

"아주 우연이었지만요."

노임이 알고 지낸 바람의 정령 덕분에 어쩌다 보니 만나게 된 현주. 그리고 그녀는 제자를 키우고 싶었었다는 말과 함께 재현을 제자로 들였다.

덕분에 재현은 어둠의 정령을 다루면서도 타락할 염려가 없었다. 아니, 구체적으로 말하자면 평생 그 염려를 가지고 살아야 했다.

부정적인 감정은 인간이라면 누구나 가지고 있는 것이기 때문이다. 어둠의 정령과 계약하는 순간 평생 지고 가야 할 짐이 생긴 것이다.

후회하냐고 묻는다면 후회하지 않았다. 다크니아스 덕분에 현주를 만나게 되었고, 정령력에 대해서 더 많이 알아갈 수 있었기 때문이다.

"어쨌거나 사례에 대한 조사는 이것으로 끝이다. 물론

나중에 따로 문제가 발생하거나 더 조사할 게 생기면 따로 부르겠다만."

그리고 상세한 것을 위해 문제가 생기면 직접 재현이 찾아와야 한다는 말도 남겼다.

Chapter 02

상급 헌터 심사. I

다크니아스와 계약을 하자 재현은 막대한 힘을 가질 수 있게 되었다. 상급 정령과의 계약은 확실히 그를 강하게 만들었다.

자신의 힘이 늘어난 것을 체감하면서 다시 검사를 받으러 가기로 한 재현. 아침에 일어나니 포근한 감촉이 느껴졌다.

윤정이 꼭 끌어안고 자고 있는 건가 생각하고 있는데, 어째 평소보다 좀 무거운 것처럼 느껴졌다.

재현은 눈을 뜨고 나서 오른쪽을 바라보았다. 윤정이 새근새근 잘 자고 있다. 그리고 왼쪽을 바라보았다. 다크니아스가 눈을 뜬 채 방긋 미소를 짓고 있었다.

"좋은 아침."

멍한 표정으로 다크니아스를 바라보는 재현. 그는 이제
막 일어난 덕분에 아직 머리 회전이 제대로 되고 있지 않았
다.

"네가 왜 여기 있어? 난 소환하지 않았는데?"

"심심해서 나왔어."

"위기에 빠지지 않았는데 나올 수 있는 거야?"

"어둠의 정령은 계약자가 위기에 처한 상황이 아니라고
해도 단독으로 움직일 수 있거든."

"그거 참 편리하네. 지금까지 몰랐는데."

"오늘은 조금 외로워서 나왔어."

다크니아스가 더욱 그를 끌어안았다. 계약을 하고 얼마
지나지 않아 알게 된 것인데, 다크니아스는 생각보다 애교
가 많았다.

외로움을 많이 타는 만큼 정에 약했다.

'생긴 거와 다르게 말이지.'

재현이 자리에서 일어났다. 다크니아스도 그를 따라 같
이 일어났다. 부스스한 머리를 벅벅 긁으며 내재된 어둠의
기운을 확인하는 재현. 불순물은 없고, 정화할 필요도 없었
다.

'이게 일이네, 일이야.'

다크니아스와 계약 후 늘 있는 일. 아침, 점심, 저녁 그리고 자기 전에 어둠의 기운을 확인하는 작업을 했다.

이제 버릇이 들어서 시간이 되면 알아서 확인하지만, 그가 하지 못할 때는 정령들이 말해 주고는 했다.

'계약을 한 후로 쌓이는 양이 너무 많아서 탈이지만.'

어둠의 친화력이 쌓이다 보면 자연스럽게 어둠의 기운도 늘어나게 된다.

어둠의 기운이 늘어나면 자연스럽게 다시 불순물을 거르는 작업도 했다. 스스로도 조심해야 하기 때문이다.

자주 하다 보니 이제 필요한 양을 조절해서 걸러낼 수 있게 되었지만, 현주는 여전히 힘을 과하게 사용하는 감이 없잖아 있다고 했다.

나름 조절했다고 생각했는데 그녀가 보기에는 그것이 아닌 모양이다.

'하기야, 정령력의 반이나 사용해서 걸러 내니 누가 봐도 이상하겠지.'

재현은 늘어지게 하품을 하며 거실로 나와 식사 준비를 시작했다. 현주와 주로 만나는 시간은 새벽.

주말이나 둘 중 한 명이 특별한 일이 없는 이상 늘 같이 수련을 했는데, 오늘은 하지 않았다. 바로 오늘이 상급 헌터 심사가 있는 날이기 때문이다.

벌써 3월. 이제 어둠의 정령에 익숙해진 재현은 오늘 시험에 자신이 있었다. 능력을 재평가받고 당당하게 상급 헌터 심사 자격을 부여받았다.

'상급 헌터 심사는 경쟁력이 꽤 치열하다고 하던데.'

대한민국에서 상급 헌터의 수는 단 500명.

헌터들 중에서 가장 많은 비율을 차지하고 있는 것이 초급 헌터와 중급 헌터다.

평생 중급 헌터에 머무는 사람도 많은 만큼 그 경쟁력은 수험생들이 치르는 수능보다 더 치열하다고 한다.

응시자 수는 최소 1,500명 이상. 그중 한 명이 될까 말까다. 그나마 한 명이라도 합격하면 다행이지만, 누구도 통과하지 못할 때도 많다고 한다.

'자신은 있지만 과연 내가 통과할 수 있을까?'

5년이 넘도록 상급 헌터가 된 이가 없다고 하니 그 턱이 얼마나 높은지 실감할 수 있었다.

중급 헌터보다 훨씬 더 위험한 것이 바로 상급 헌터. C급도 만만찮은 몬스터들이 많지만, B급부터는 그 궤를 달리한다고 한다.

대다수가 기본적으로 속성 공격에 대한 내성이 하나쯤은 있다고 하니 말이다. 능력을 사용하는 이들에게 천적이 많기 때문에 그만큼 시험도 어렵다.

"오빠, 일어났어?"

윤정이 덜 깬 눈으로 안방에서 나왔다. 부스스한 머리로 나온 윤정에게 미소를 보인 재현이 서둘러 요리를 했다.

전기밥솥은 예약으로 해 둔 덕분에 조금 있으면 밥도 다 지어졌다. 간단한 아침 식사를 차리고서 재현은 허겁지겁 밥을 먹었다. 아침에 출발해야 하기 때문에 서둘러야 하는 탓이다.

시간적으로 촉박하지는 않지만 만일을 위해 빨리 준비할 필요성이 있다.

식사를 마친 재현은 머리도 감고, 세수도 하고, 이도 닦았다. 옷을 갈아입으니 출발할 시간이다.

"다녀올게."

"잘 다녀와~!"

윤정이 그를 배웅해 주고, 재현은 주차장으로 향해 차를 탔다.

재현이 이번에 탄 것은 그가 늘 끌고 다니는 트럭이 아닌 새로 뽑은 최신형 자동차였다.

사냥을 하러 가는 것도 아닌데 트럭을 끌고 가는 것도 여러 가지로 문제가 된다 생각해서 차를 뽑은 것이다.

이전에는 그다지 신경 쓰지 않았는데, 아무래도 장갑차

를 개량해서 만든 것이다 보니 무게가 꽤 나가 오래된 길은 지나갈 수 없었다.

도로의 아스팔트가 깨진다는 것이 그 이유였다.

그것 외에도 오토바이 한 대도 뽑았다. 이를 위해서 오토바이 면허증도 땄다. 시동을 걸고 운전대를 잡은 재현.

다크니아스가 어느새 조수석에 앉더니 안전벨트를 착용했다.

사고가 나도 딱히 위험하지는 않지만 다크니아스만 아니라 운다인도 재현이 하는 걸 따라 하고는 했다.

"얘들아, 나와."

재현이 정령들을 모두 소환했다. 네 명의 정령들이 나오니 뒷좌석이 어느새 꽉 차게 되었다.

소환하면 늘 웃는 얼굴로 나타나던 운다인과 썬다이넨은 어째서인지 불만스러운 표정을 짓고 있었다.

"다크니아스. 너무해."

"먼저 나와서 재현의 옆자리에서 잔 것도 모자라 조수석에 앉았어."

불만스러운 것은 참으로 단순한 이유였다. 아직 어린애 같은 면모를 보이는 정령들을 보고 있자니 절로 웃음이 나왔다.

"그럼 나처럼 어둠의 정령으로 태어나지 그랬어?"

어둠의 정령들은 계약자의 의지가 아니라 본인이 원할 때 마음대로 나올 수 있다고 한다. 대신 자신의 정령력으로 머물 수 있는 것 같았다.

다크니아스를 소환할 때만큼의 정령력이 빠져나가지 않는 것이 그 증거였다. 운다인이 뺨을 부풀렸다.

"그게 마음대로 돼?"

"하하하."

옥신각신하는 녀석들을 보며 재현의 얼굴이 미소가 걸렸다. 그 옆에 있는 노임은 말리려고 하지만 말도 제대로 붙이지 못하고 있었다. 그러거나 말거나 메타이온은 머리를 기대어 쿨쿨 잘도 자고 있었다.

"자, 이제 그만. 오늘 중요한 날이니까. 집에 올 때는 가위바위보로 결정해. 공평하게 다크니아스는 집에 올 때 뒤에 타고."

"알았어."

다크니아스는 별로 불만이 없다는 듯 후후 웃었다.

다들 재현의 말에 고개를 끄덕이고 조용히 하기 시작했다. 그는 곧 차에 시동을 걸었다. 그는 차를 상급 헌터 심사장으로 몰았다.

*   *   *

상급 헌터 심사장은 지방에도 여러 곳이 있었다. 집에서 가까운 곳에서 심사를 평가받게 하기 위함이다.

인원이 너무 많으면 다른 곳으로 보내기도 하는데, 재현의 경우도 딱 그러했다.

그의 경우 너무 늦게 신청해 밀리고 밀려 남는 자리에 오게 된 것이다.

다행히 오늘 있을 심사를 취소한 자가 있어 그나마 가까운 서울에서 심사를 받게 되었다.

만일 공석이 나오지 않았으면 지방으로 내려가야 했을 것이다.

헌터 양성소에서 떨어져 있는 어떠한 건물.

'상급 헌터 심사장'이라고 크게 간판이 내걸려 있었다. 넓은 주차장은 백화점을 방불케 했다.

재현은 주차장 빈 공간에 주차하고 바로 심사장으로 들어왔다.

이번에 심사자가 맞는지 확인을 마치고 안으로 들어갈 수 있었다.

대기실에는 수많은 사람들이 각자 조용히 따로 뭔가를 하고 있었다. 대부분 재현보다 나이가 많은 사람들이었다.

그 때문인지 그가 대기실에 들어오자 시선이 이쪽으로

쏠렸다. 딱 봐도 젊어 보이는 사람이 들어오니 의아한 것이다.

이와 중에도 눈을 감고 수련을 하는 사람도 있고, 아는 사람을 만났는지 서로 이야기하는 자들도 있었다.

재현의 경우 아는 사람이 전혀 없었다.

'사람이 많네.'

얼핏 봤을 때 60명 정도가 대기실에 있었다. 이 인원이 전부인가 생각이 들지만 전국적으로 치르는 것이다.

지방의 모든 상급 헌터 심사장도 이와 상황이 같을 것이리라.

이곳에 도착한 자들은 다들 중급 헌터들 중에서도 뛰어난 헌터들인 데다 심사 적합 판정을 받은 이들이다. 때문에 재현도 긴장할 만큼 강한 이들이 몰려 있었다.

게다가 알게 모르게 기 싸움도 벌어지고 있었다. 몇 차례나 도전해 본 사람들이 대다수이다 보니 크게 긴장한 사람은 거의 보이지 않았다.

들어오기 전에 혹시나 해서 정령들을 역소환했던 것이 다행으로 여겨졌다.

그렇게 혼자 자리에 앉아 있노라니 어느새 안내원들이 들어왔다.

"잠시 후 상급 헌터 심사가 있을 예정입니다. 준비를 해 주시기 바랍니다.”

그 말에 재현의 긴장감은 최고조로 향했다. 심장이 덜컥 내려앉는 기분이었다.

어수선했던 대기실도 안내자의 말에 따라 순식간에 조용해졌다. 그 때문인지 더욱 긴장감이 감돌았다.

'와, 장난 아니네.'

헌터 승급 심사를 볼 때마다 느끼는 거지만 이 긴장감은 도저히 떨어지지 않았다.

여러 번 심사를 본 사람들도 이때만큼은 조용했다.

자신도 모르는 사이에 분위기에 압도되었다고 하는 게 옳은 말일 것이다.

그렇게 약 10분쯤 지났을까, 대기표를 받은 순서대로 한 사람씩 불려 가기 시작했다.

재현의 대기 번호는 57번.

재현이 도착하고 뒤에 사람들이 더 왔지만 거의 마지막 번호였다.

시간에 맞춰 도착했다고 생각했는데, 사람들이 먼저 와 있던 덕분에 거의 마지막에 받아야 했다.

불려간 사람은 20명 정도. 재현은 그들이 전부 끝날 때까지 기다려야 했다. 그렇게 20분 정도가 지나자 드디어 다음 차례가 왔다.

'첫 번째 심사는 훈련 프로그램에 들어가서 몬스터와 싸우는 거라고 했는데⋯⋯.'

총 세 번의 심사를 거친 후 상급 헌터가 발표된다고 한다. 대부분의 헌터들이 첫 번째 심사에서 걸러진다고 하던가.

그 이유는 다수의 몬스터를 상대로 혼자 싸워야 하기 때문이라고 한다.

C급 몬스터들을 위주로 나오고 보스급 몬스터도 하나가 등장한다고 들었다.

재현의 입장에서는 이렇게 오래 걸릴 이유가 없었다.

C급 보스 몬스터 정도면 충분히 20분 내로 잡을 자신이 있었다.

'내 기준으로 보지 말자. 스승님도 그랬잖아. 내가 이상한 거라고.'

재현은 현주가 두 명의 정령만 계약해서 물어본 적이 있었다. 정령들과 많이 계약하면 더 좋은데 왜 두 명만 계약했느냐고. 그리고 돌아온 답변은 재현이 이상한 거라는 것이었다.

정령력 탱크가 큰 것도 이유였지만, 다수를 소환해도 무리 없이 사냥까지 가능하다.

하루 종일 소환해도 무리 없이 전투까지 가능한 그 원천적인 이유는 재현의 선천적으로 타고난 능력 때문이다.

숨만 쉬어도 수련을 하는 것처럼 정령력을 채울 수 있다.

그녀가 비유하기를, 충전기를 꽂아 두고 휴대폰 게임을 하고 있는 것과 같은 거라고 했다.

소모되는 정령력을 가만히 휴식만 취해도 채울 수 있다. 물론 소모되는 정령력이 더 크기 때문에 닳긴 닳지만 미약하다고 할 뿐.

현주 또한 지금의 재현처럼 소환하려고 해도 오랫동안은 불가능하다고 말할 정도니 얼마나 비정상적인지 실감할 정도였다.

어쨌든 그렇게 또다시 20분 정도 흐르자, 드디어 재현의 차례가 왔다.

훈련 프로그램. 재현은 오랜만에 사용하는 것이었다. 중급 헌터 심사 때 이용해 본 뒤로 한 번도 이용해 보지 않았기 때문이다.

훈련 프로그램에 들어가니 안내 문구가 나왔다. 넓은 공간에 홀로 남겨진 재현. 그리고 안내 방송이 나왔다.

[상급 헌터 심사 훈련 프로그램에 오신 것을 환영합니다, 헌터님. 일부 능력자들에게는 훈련 프로그램이 제대로 작동하지 않는 문제가 발생하기도 합니다. 그때는 손을 들어 말씀해 주시기 바랍니다. 10초 후 훈련 프로그램을 시작합

니다. 10, 9, 8…….]

카운트다운이 시작되었다. 재현은 심호흡을 하며 정령들을 소환했다.

"드디어 시작이야?"

"무슨 몬스터가 나올지 기대가 돼!"

운다인과 썬다이넨이 소환되자마자 즐겁다는 표정이다. 수련을 한다고 몇 달 동안 사냥이 뜸했으니 훈련 프로그램이라도 반가운 모양이다.

솔직히 너무 사냥을 하지 않아서 감을 잃지 않았을지 재현도 많이 불안했다. 주먹을 쥐었다 폈다를 반복하는 재현. 카운트다운도 이제 3초밖에 남지 않았다.

"자, 모두 힘내자!"

그리고 0이라는 숫자와 함께 그의 주변 풍경이 변했다.

＊　　　＊　　　＊

"저 사람이 이번에 최단 기간 상급 헌터 심사에 오른 인물인가?"

헌터 양성소의 변신 계열 초능력자들의 교관으로 일하고 있는 주영훈은 호기심 어린 표정으로 모니터를 바라보았다. 그가 바라본 모니터에는 여러 각도에서 촬영되는 재현의 모습이 나타나고 있었다.

2년. 헌터가 된 지 2년밖에 되지 않은 인물이 벌써 상급 헌터 심사를 보고 있다. 누가 봐도 말도 안 되는 상승세였다.

"주영훈 교관. 뭐하고 계십니까?"

"아, 해리슨 교관."

영훈에게 물어 온 것은 해리슨. 김정우와 친하게 지내고 있는 교관으로, 한국 헌터 양성소에서 근무하고 있는 미국인 교관이다.

워낙 수완이 뛰어나고 인재를 발굴해 내는 실력이 뛰어나 헌터가 아님에도 교관으로 발탁이 되었다. 또한 한국에서 10년 넘게 지낸 덕에 한국어 실력은 현지인과 다를 바 없다.

해리슨은 영훈의 옆으로 다가와 그가 주시하고 있던 모니터를 바라보았다.

"오호, 김정우 교관이 맡았던 헌터로군요. 이름이······ 박재현이라고 했던가요?"

"예, 잠시 헌터들 인적 사항들을 확인했는데 이 사람이 계속 눈에 밟히더군요. 2년이라는 짧은 헌터 기간에 상급 헌터 심사를 보고 있으니까요."

재현보다 어린 나이에 상급 헌터가 된 이도 있지만, 이렇게 빠르게 상급 헌터 시험을 본 사람은 세계에서도 손에 꼽았다.

천부적인 재능과 노력이 뒷받침되어야만 통과할 수 있는 것이 상급 헌터 심사이다.

한국만이 아니라 타국에서도 상급 헌터의 수는 많지 않다.

인구가 많은 중국이나 인도는 다른 나라들보다 상급 헌터의 수가 많은 편이지만 난이도는 한국과 거의 동일하다.

전 세계적으로 약간의 차이는 있지만 대체로 심사 통과 자격은 비슷하다고 볼 수 있었다.

"확실히 2년의 기간에 상급 헌터가 되는 건 말도 안 되는 일이지요. 더 중요한 건 중급 헌터가 된 지 얼마 되지 않았는데도 또 승급한다는 것이지요."

초급 헌터도 몇 개월 지내지 않고 중급 헌터가 되었다.

거기다 중급 헌터가 된 지 1년이 조금 넘었을 뿐. 이건 누가 봐도 말도 안 되는 상승세였다.

"대한민국의 마스터 헌터 정령사가 상급 헌터가 된 것도 9년 가까이 되어서인데⋯⋯."

9년도 빠른 상승세라고 볼 수 있지만, 그녀는 헌터 1세대. 그 당시에는 생사가 오가는 일이 지금보다 더 많았다.

일상이 그러했다고 보면 되었다.

산에서 출몰한 몬스터들이 도시로 모여들고, 몬스터들이 활보하고 다니는 걸 어렵잖게 볼 수 있었기 때문이다. 지금이야 몬스터들에게 대처하는 법을 알지만, 당시에는 대처를 하는 방법을 여러 사례들을 종합하여 정보를 모으던 때이다.

잠을 자다가도 갑작스럽게 습격을 당할 때도 있고, 대낮에 걸어 다니다가 공격을 받을 수 있다.

또 새롭게 나타나는 몬스터들도 다수 있어 희생도 꽤 많이 따랐다.

매일이 실전을 방불케 하고 방심할 수 없으니 헌터 1세대들은 깨달음을 많이 얻었고, 정신력 면에서 강인했다.

그 때문에 대체적으로 강한 힘을 보유하고 있다. 상급헌터에 있는 사람들 대다수가 헌터 1세대이다.

"게다가 그 마스터 헌터 정령사가 박재현 씨를 제자로 키우고 있으니……."

"예? 마스터 헌터 정령사가 제자를 들였습니까? 그것도 박재현 씨를?"

"몰랐습니까?"

영훈은 처음 듣는 이야기라는 표정으로 그를 뚫어지도록 바라보았다.

해리슨은 머리를 긁적였다. 자신도 김정우와 매일 옆에

같이 있는 덕분에 들은 얘기였다.

"놀랍군요. 제자로 들인 이유가 뭐라고 합니까?"

"어둠의 정령과 관련되어 알려 주겠다며 스승을 자처했다고 합니다. 들리는 말로는 사실 제자를 들이는 게 꿈이라고 했는데, 박재현 씨에게 흥미가 가니까 들였다는 것 같더군요."

뛰어난 헌터들 중 제자를 들이는 경우도 적지 않게 있었다. 자신과 같은 능력자들을 키워 주는 것이다.

원래 이것이 헌터 양성소에서 하는 일이지만, 모든 이들을 훈련시켜 주기에는 무리가 많이 따랐다.

같은 능력을 지닌 능력자의 수가 한두 명도 아니고, 수백이 넘는 경우도 허다했다. 이를 다 관리하기란 쉽지 않다.

그 때문에 헌터 양성소에서도 제자 개념으로 헌터의 능력을 키워 주는 것에 매우 관대했다.

정부에서도 헌터의 힘이 커지면 몬스터에 대처하는 능력이 키워지는 것이니 이를 권장할 정도다.

"마스터 헌터가 설마 제자를 들일 줄이야. 한국에서는 처음 있는 일 아닙니까?"

"처음이지요. 한국의 마스터 헌터들과 같은 능력을 지닌 사람도 드문 일이니까요."

정령사는 희귀 초능력자들 못지않게 적게 분포되어 있다.

그중 어둠의 정령과 계약한 이는 현주와 재현이 유일했다. 그 때문에 헌터계에서도 재현을 주시하는 편이었다.

당장은 괜찮아 보이지만 언젠가 다른 사례들처럼 되지 않을까 주의를 기울이고 있는 것이다.

영훈의 경우에는 단순한 호기심 때문에 관심을 갖게 된 것이지만 말이다.

"알면 알수록 물건이라니까."

"사람이 물건이라니요? 너무하신 것 아닙니까, 주영훈 교관?"

"……."

영훈은 그를 뚱한 표정으로 바라보았다. 현지인 못지않게 한국어를 구사하는 해리슨이다. 그가 말하고 싶은 뜻 정도야 어렵지 않게 알 것이다.

해리슨은 장난스레 웃으며 어깨를 으쓱였다.

"조크입니다."

"어쨌든 확실히 호기심이 이는 헌터는 확실합니다."

"저도 그렇게 생각합니다. 아마 세계에서 둘도 없을 인물이겠지요. 김정우 교관은 박재현 씨가 훗날 크게 될 인물이라면서 주목하고 있더군요."

"김정우 교관이?"

정우가 다양한 사람들과 관계를 유지하고 있지만, 누군가에게 관심을 보이는 경우는 드물었다. 사람에게 관심이 없는 것도 아니고, 흥미가 없는 것도 아니다. 단순히 평범하게 인간 대 인간으로 바라볼 뿐이다.

그런 그가 누군가를 특별하게 바라보고 있다니 조금 의아했다.

"주영훈 교관께서는 정령이 먼저 찾아와서 계약하는 경우를 보셨습니까?"

"정령 쪽에는 관심이 없어서 모르겠습니다."

"원래 정령들은 인간을 좋아하긴 하지만 함부로 접근하지 않는다고 합니다. 주로 어쩌다가 계약을 하는 경우가 많지만, 박재현 씨의 경우에는 물의 정령이 먼저 접근했다고 하더군요. 사례가 없는 건 아니지만, 많이 있는 것도 아니지요."

"오호? 그건 확실히 주목할 일이군요."

드문 일이라는 건 확실히 호기심이 갈 만한 일이다. 특히 헌터계에서 드문 일이 발생하면 더더욱 흥미로운 일이 많았다.

"그리고 그것도 아십니까? 정령사들은 대개 정령들을 한둘만 계약하는 것을요."

"그렇습니까? 왜 그런 겁니까?"

다양한 속성의 정령들과 계약하는 것이 더 좋지 않을까 란 생각은 누구나 할 수 있다. 정령에 대해 모르면 더더욱 그러했다.

"선천적으로 계약자와 속성이 맞지 않으면 위험이 따르 기 때문입니다. 계약을 하다가 실패해서 죽은 이들도 있다 고 할 정도입니다."

정령 계약이 그렇게 무시무시한 것인지는 처음 안 영훈. 그의 눈이 휘둥그레지며 다시 모니터로 향했다.

"그럼 저 사람은……?"

"저게 주목하는 이유입니다. 처음에는 그의 발전성 수치 를 보고 흥미가 갔지만 다수의 정령과 계약을 했습니다. 사 람마다 타고 난 속성이 있다는 건 이미 학계에 발표된 일이 기도 합니다. 그렇지 않습니까?"

영훈은 고개를 끄덕였다. 초능력자들, 마법사들, 기를 다루는 자들 등등.

그들은 대부분 선천적으로 타고난 속성에 따라 능력의 위력이 달라지기도 했다.

"그렇다면 저 사람은……?"

"어떤 속성의 것에도 구애를 받지 않는다는 것이지요."

영훈의 눈동자가 그 어떤 때보다 파르르 떨리기 시작했

다. 그의 말이 사실이라면 이건 학계가 발칵 뒤집어질 일이
기 때문이다.

*　　　*　　　*

눈이 내리는 광경. 재현은 주위를 둘러보았다. 백색으로
가득한 이곳이 어디인지 전혀 감을 잡지 못할 정도였다.

"훈련 프로그램의 리얼리티가 좋아졌네."

기온이 바뀌었다. 숨을 내쉬니 입김이 뿌옇게 뿌려졌다.
한기도 느껴졌다.

반투명한 얼음으로 되어 공중에 떠다니는 뱀 형상의 몬
스터.

그러나 재현은 원정을 간 이후로 몬스터와 관련된 책을
많이 들여다보아 녀석의 이름을 잘 알고 있었다.

녀석의 이름은 프로즌 스네이크. 추운 지방에서 나타나
는 몬스터로, 강한 독성을 지니고 있어 사냥 도구로도 많이
쓰인다.

일전에 아프리카 원정을 갔을 때에도 사용한 적이 있었
다. 아일린이 모락크를 잡을 때 사용했던 강력한 마취 독.

값도 꽤 나가고 없어서 못 산다고 할 정도로 수요가 제
법 좋은 몬스터이기도 했다.

"첫 심사에서 나타나는 몬스터들은 랜덤이라고 하던데 나타나도 왜 이런 녀석들이 나타났을까."

녀석들의 약점은 불. 그러나 재현에게 불의 정령이 없었다. 누가 천적이라고 할 것 없이 싸워 봐야 아는 상대이다.

그러나 녀석들의 등급은 C급. 그리 어려운 상대는 아니겠지만 그래도 조심하기로 하면서 후드를 꾹 눌러 쓰고 목에 보호대를 감았다.

정령화.

재현은 스스로 정령화라고 불렀지만, 정식 명칭은 정령 일체화였다. 그러나 그가 사용하는 것은 상당히 불안정하다고 현주가 말했다.

재현이 사용하는 것은 일부를 가져다 쓰는 느낌이 강하다고 했다.

상당히 애매한 힘. 진정한 정령 일체화가 아니기 때문에 그냥 정령화라고 따로 명칭을 붙이는 것도 괜찮겠다는 생각이 들었다.

명칭이야 딱히 신경 쓰지 않는 재현이지만, 현주는 생각 외로 명칭에 많이 신경 쓰는 편이었다.

여기서 더 발전시키는 것도 중요하지만, 지금은 어둠의 기운부터 다스리는 것이 시급하기에 정령 일체화 수련은 뒤로 물리기로 했다.

"가자!"

재현의 신호와 함께 정령들이 하나씩 프로즌 스네이크를 향해 공격을 가했다. 녹아 있는 눈을 조종할 수 있는 모양인지, 방패를 만들었다.

그러나 녀석이 만든 방패는 순식간에 무너지며 주위로 눈을 휘날렸다. 동시에 시야가 차단되었다. 그리고 잠깐의 틈이 난 사이에 재현의 향해 아가리를 벌리고 달려들었다.

"머리가 좋네."

녀석의 아가리는 정확히 재현의 목을 물어뜯을 기세였다. 그러나 재현은 군이 피할 필요성을 느끼지 못했다.

목에 녀석의 이빨이 닿기도 전에 재빨리 목덜미를 잡아챘기 때문이다. 옴짝달싹하지 못하게 된 녀석. 재현은 기가 막힌 표정을 지었다.

"뭐가 이렇게 쉬워?"

힘으로 비틀 수 있을까 싶어 목을 비틀었지만 쉽게 부서지지 않았다. 하는 수 없이 사철을 이용해 검을 만들어, 녀석의 목을 쳐 냈다.

순식간에 몸과 머리가 분리된 녀석. 동시에 녀석의 형체에 노이즈가 생기며 사라졌다. 이어서 주위에 노이즈가 생겨나기 시작했다.

이번에는 한 마리가 아닌 세 마리의 다른 몬스터가 나타났다. 이번에 나타난 몬스터는 오크. 하지만 피부색과 덩치, 생김새 모두 그가 목격한 오크들과 조금씩 차이가 났다.

재현은 녀석들의 정보를 확인했다.

이름: 화이트 오크

종류: 오크과

등급: C+

-C급 몬스터 중 먹이사슬 최상위에 있는 몬스터인 오크의 한 종류이다. 설산, 빙하, 추운 극지방에서 서식하는 오크다. 추위에 견디기 위해 질기고 두꺼워진 가죽은 일반 오크들보다 두꺼워 공격도 잘 먹히지 않는다. 전투를 명예로 알며, 누구 하나 죽을 때까지 끝까지 싸울 정도로 전투에 대한 욕구가 강렬하다. 또한 집요하기로 유명하다. 성인 남성의 몇 배나 되는 힘은 방패조차 쉽게 파괴시켜 버린다. 전투 몬스터의 대표로 손꼽으며 집착과 포악성은 전 세계가 인정하는 몬스터다. 양손 무기를 한 손으로 들 만큼 힘이 강하며 가장 조심해야 할 몬스터 중 하나다. 화이트 오크는 얼음 계열의 마법을 사용할 수 있다. (Tip. 빙(氷), 수 속성에 면역. 화 속성에는 치명적이다.)

"화이트 오크라……."

피부색이 눈처럼 하얗다. 재현은 호기심 어린 표정으로 녀석들을 바라보았다. 같은 종류의 몬스터라도 기후에 따라 생김새나 특징이 다르다. 화이트 오크도 그중 하나였다. 등급은 C+이지만, 일반 오크들보다 질기고 두꺼운 가죽 때문에 방어력이 높아졌을 것이다.

'물리 방어력은 훨씬 강해진 대신 약점이 하나 생겼네.'

하지만 재현에게는 득이 될 게 없었다. 재현에게는 솔직히 말해 그리 달가운 것은 아니었다. 수 속성 면역. 면역이라는 말은 말 그대로 공격이 제대로 들어가지 않는다는 소리였다.

상성이 나쁘다고 볼 수 있었다. 현재로써는 녀석에게 치명상을 줄 수 있는 방법이 없었다.

'게다가 얼음 계열의 마법도 사용한다고?'

달갑지 않은 일이지만 훈련 프로그램이 랜덤으로 몬스터들을 나타나게 했다.

그 덕에 상성이 좋은 몬스터들이 나타날 수도 있지만, 상성이 나쁜 몬스터들이 나올 수도 있었다.

재현은 스스로 운이 없다고 생각하며 눈을 부릅떴다.

"운다인, 뒤로 물러나서 보조해 줘. 메타이온, 방어를 부탁해. 노임. 썬다이넨, 다크니아스는 나와 함께 전방으로."

재현은 일사불란하게 지휘를 했다. 원정을 갔다 온 것이 많은 도움이 되어 상황에 맞게 지휘도 척척 해냈다.

정령들이 그의 말에 따르며 분주하게 움직여 위치를 지켰다. 화이트 오크들은 해머와 폴암, 배틀 엑스를 들고 있었다.

상당히 무거운 무기를 한 손으로 이는 모습은 몇 번을 봐도 기가 질리는 모습이었다. 재현은 아무래도 상대가 오크인 터라 불안한 표정을 지울 수 없었다.

재현이라고 해도 방심할 수 없는 몬스터가 바로 오크.

다크니아스와 계약하게 된 이후로 사냥에 나선 적이 없기 때문에 자신의 힘이 얼마나 강해졌는지 지금 확인해 봐야 했다.

"크아아아!"

녀석들이 함성을 지르며 정령들을 향해 달려들었다. 진형을 짜두지 않고 무작정 달려드는 녀석들.

리얼리티가 아직 부족한 것인지, 아니면 화이트 오크는 진형 자체를 짜지 않는 것인지 모르지만, 재현에게는 좋은 일이었다.

쿵!

재현이 발을 구르자 그의 주위에 있던 눈들이 튀어 올랐다. 재현은 튀어 오른 눈들을 재빨리 잡아내고 뭉쳤다.

"너희들. 혹시 눈싸움 좋아 하냐?"

그러더니 눈덩이에 정령력을 불어 넣은 재현. 눈덩이가 순식간에 강철처럼 단단해졌다. 그는 있는 힘껏 가장 앞서서 돌진해 오는 녀석에게 던졌다.

퍼억!

정확히 이마에 직격한 눈덩이. 녀석의 움직임이 멈추고 이마를 부여잡았다. 남은 두 녀석은 동료를 지나치며 그를 향해 달려든다.

재현은 손가락으로 한 녀석을 가리켰다.

"다크니아스. 공포."

운다인은 동료와 계약자에게 버프를 걸어 준다면, 다크니아스는 상대에게 디버프를 거는 기술이 다수 존재했다.

물론 버프도 존재했다. 계약자에게 어둠의 힘을 공급해 공격력을 높이는 방법인데, 재현은 그것을 좋아하지 않았다.

어둠의 힘이 크게 작용하기 때문에 시전자에게도 영향을 미치기 때문이다.

'어둠에 먹히지 않도록 조심하자.'

설령 재현이 눈치채지 못해도 정령들이 그를 말려 줄 거라 믿는다. 세 개의 디버프에 걸린 녀석의 움직임이 느려지고, 갑자기 주춤 뒤로 물러났다.

일시적이지만 잠시 시간을 버는 용도로 괜찮은 기술이었다. 등급이 낮은 몬스터들은 공포에 걸리면 달아나기 바쁘지만, 화이트 오크는 등급이 높은 덕분인지 달아나지 않았다.

재현에게 달려드는 녀석은 이제 단 한 놈. 한꺼번에 상대하기보다 각개격파를 하자고 생각했다.

"다크니아스, 다크 게이트."

재현의 코앞에 그의 신체에 꼭 맞는 어둠의 문이 하나 생성되었다. 재현은 녀석의 폴암이 닿기 전, 그 안으로 들어갔다.

화이트 오크가 재현을 찾으려고 했지만 그는 자취를 감추고 사라진 상황이었다. 하지만 곧 녀석이 모르는 사이에 뒤에서 방금 전의 어둠의 문이 생성되며 재현이 툭 튀어나왔다. 그는 녀석을 향해 손을 벌렸다.

"쉐도우 웨폰!"

녀석의 그림자에서 창과 검들이 튀어나오며 몸을 관통했다.

녀석이 괴성을 지른다. 하지만 재현은 여기에서 멈추지 않았다. 녀석이 노이즈로 변하기 전까지 확실하게 처리하려는 것이다.

"썬다이넨, 라이트닝 스톰!"

녀석의 주위로 거대한 빛줄기가 몰아치며 머물기 시작했다. 고작 몇 초이지만 고압 전류가 모이니 녀석이 비명을 지를 새도 없이 노이즈 상태가 되며 사라졌다.

'뭐야, 그다지 어렵지도 않은데?'

오크라서 조심하고 있었는데 막상 싸워 보니 그렇게 고전하지도 않았다. 재현은 의기양양한 표정을 지었다. 한 녀석은 끝. 남은 녀석들을 처리하려고 뒤를 돌아보는 그때였다.

"재현아, 조심해!"

운다인의 다급한 목소리. 재현의 눈이 휘둥그레 떠졌다. 어느새 지척까지 다다른 화이트 오크 한 녀석. 이마가 찢어져 피가 흘러내리는 녀석이었다.

재현이 정령력을 불어 넣은 눈덩이에 맞은 녀석이었다. 녀석이 배틀 엑스를 한 손으로 번쩍 들어 올렸다.

잠시 한눈을 판 사이에 다가와서 전혀 눈치채지 못했다. 재현이 다급히 방어를 하기 위해 손을 뻗을 때였다.

그의 눈앞에 철로 이루어진 벽이 생성되었다. 재현이 방심한 사이 달려들던 오크의 기습은 실패했다. 재현은 안도의 한숨을 내쉬며 메타이온에게 엄지를 치켜세웠다.

"메타이온, 최고다!"

"방심은 금물이야…… 조심해…….”

"알았어. 고마워, 메타이온!"

공포에 걸린 녀석은 아직도 이쪽으로 다가오지 못하고 있다. 재현은 배틀 엑스를 든 녀석에게는 특별히 좀 더 가지고 놀다가 죽이기로 했다.

자신에게 도끼를 내리치려고 하다니. 아무리 0과 1로 만들어진 프로그램이라고 하더라도 그냥 넘길 수 없다.

죽지 않으면 사지를 절단할 수 있다고 하니 그것도 괜찮을 것 같다.

씨익—

그가 웃음을 엿보이자 그의 변화를 가장 먼저 눈치챈 다크니아스가 소리쳤다.

"재현아. 어둠의 기운!!"

"아, 맞다."

다크니아스의 외침으로 간신히 제정신을 차린 재현이 고개를 가로저었다. 어둠의 힘을 사용하니 자신도 모르는 사이에 변화가 일어나 버렸다. 지금은 심사가 급박하니 얼른 끝내기로 했다.

"노임, 녀석이 움직이지 못하게 붙잡아!"

노임은 재빨리 흙을 조종해 녀석의 다리를 꽉 붙들기 시작했다. 녀석이 빠져나가려고 했지만, 부질없는 짓일 뿐이다. 재현은 움직일 수 없는 녀석을 가리키며 소리쳤다.

"메타이온, 아이언 메이든!"

화이트 오크의 주위로 철로 이루어진 관이 나타나며 녀석이 넣어지고, 문이 서서히 닫혔다. 문에는 송곳처럼 가시가 달려 있다.

"크아아아!"

녀석이 괴성을 내질렀지만, 부질없는 짓. 문이 닫힘과 동시에 녀석의 괴성이 잦아들고, 노이즈 소리가 들려왔다. 순식간에 둘을 처리한 재현. 이제 남은 것은 한 녀석이다.

"크라아아!"

이제야 공포에서 벗어난 녀석. 남은 것은 자기 혼자밖에 없다는 것을 알고 분노하는 것처럼 보였다. 리얼리티가 확실히 장난이 아니다. 동료의 죽음으로 분노하는 모습이 진짜 오크의 모습과 흡사했다.

하지만 시간적으로 여유가 없는 재현은 손가락으로 녀석을 가리켰다.

"아쉽지만 난 시간이 없다고! 애들아, 집중 공격해!"

정령들이 남아 있는 녀석을 향해 달려들었다.

메타이온이 녀석이 도망치지 못하게 벽으로 이루어진 경기장을 만들고, 그 안에서 번개와 흙으로 꾸준히 데미지를 주었다.

재현은 그 자리에 털썩 주저앉았다. 지금 틈이 났을 때 어둠의 기운을 걸러 내려는 것이다.

'어이쿠, 기술도 몇 개 사용하지도 않았는데 많이도 쌓였네.'

재현은 정령들이 싸울 동안 가부좌를 틀고 앉아 어둠의 기운을 걸러 내기 시작했다.

*　　*　　*

영훈과 해리슨은 멍한 표정을 짓고 있었다.

"저 화이트 오크들이 가상이라고 해도 진짜와 비슷한 녀석들이죠?"

"아마도요?"

영훈은 재현의 모습을 처음부터 끝까지 바라보고 있었다. 그들은 믿을 수 없다는 듯 이를 바라보고 있었다.

상급 헌터 심사를 보면서 오크 여러 마리를 상대로 이렇게 압도적인 싸움을 본 경우는 없었기 때문이다.

상급 헌터들 중 마스터 헌터보다 못 미치는 자들이 이런 싸움을 하는 경우가 있다. 하지만 이제 상급 헌터가 되려는 자가 이런 압도적인 싸움을 보인 경우는 단 한 차례도 없었다.

"아무리 아프리카 원정에서 오크와 상대했다지만……

이건 너무 말이 안 되잖아!"

상성이 유리해서 이런 싸움을 펼치는 것이라면 그나마 이해하겠는데, 상성과 거의 연관이 없는 몬스터다. 더더욱 말이 안 되는 일에 놀랄 일이다.

어느새 한 마리만 남게 된 오크.

재현은 어찌 된 일인지 전투에 나서지 않고 정령들이 싸우게 놔두고, 옆에는 다크니아스만을 남겨 둔 채 자신은 가부좌를 틀고 앉았다.

약 5분 후, 그가 눈을 뜨고 다시 일어나자 때마침 화이트 오크도 노이즈가 되어 사라졌다.

"이제는 보스급 몬스터인가? 그것도…… 킬러 앤트 퀸 이네?"

후우, 하고 재현의 입에서 한숨과 함께 많은 양의 입김이 뿜어져 나왔다. 압도적인 힘으로 찍어 누른 덕분에 자신감이 붙은 재현은 잠시 숨을 고른 뒤 적극적으로 녀석에게 달려들었다.

그의 방어구는 그가 직접 사냥한 포이즌 킬러 앤트 퀸의 비늘이다. 재현이 후후 망설임 없이 녀석을 향해 달려든다.

영훈과 해리슨은 보스 몬스터에게도 전혀 밀리지 않고 혼자서 싸우는 모습을 넋 놓고 지켜봐야 했다.

모니터링되고 있는 재현의 모습은 압도적이라고 할 만큼

보스 몬스터도 어렵지 않게 잡아내고 있었다.

다른 헌터들은 막고, 때리고를 반복하는데, 재현은 그런 모습이 없었다. 때리고, 피하고, 흘려보내고. 게다가 더 놀라운 것은 체력을 보존하기 위해 최소한의 움직임만을 선보인다는 것이다.

쓸데없는 움직임보다 실용성 있는 장면이 많이 연출되었다. 훈련 프로그램은 갖가지 장면이 연출이 되는데, 떨어져 있는 나뭇잎에 힘을 불어 넣어 공격하는 경우도 있었다.

그들이 아는 정령사의 모습은 전혀 보이지 않았다.

"이 사람 도대체 정체가 뭡니까? 정령들이 사용하는 마법을 쓰고 있잖습니까?!"

정령사들은 다 이랬었나 하는 생각이 들었지만 영훈은 고개를 저었다. 자신이 아는 정령사는 절대 정령들이 사용하는 기술을 쓰지 않기 때문이다. 오직 정령들이 전투에 직접 나설 뿐이다.

옆에서 같이 지켜보던 해리슨이 추측했다.

"매직 아이템을 쓰고 있는 것 아닐까요?"

그들은 정령화에 대해 전혀 모르고 있는 상황이다. 세계에서 정령 일체화를 쓸 수 있는 사람은 현주와 재현 단둘뿐이다.

어둠의 정령이 고안해 낸 기술이다.

현주의 경우 어둠의 정령과 계약하면서 알게 되었지만, 재현은 어둠의 정령이 관심을 가져 미리 알려 주었다. 아는 사람은 정우와 윤정뿐이다. 게다가 다들 입이 무겁다.

정우도 딱히 남의 비밀을 풀어 놓을 정도로 입이 가벼운 사람이 아니다. 때문에 친하게 지내고 있는 영훈과 해리슨에게 말하지 않았다. 사례에 올린 것도 정령 일체화에 대한 내용은 싹 빼놓은 상황이다.

"그런 거겠지요?"

"그렇겠죠. 정령사가 어떻게 정령들의 기술을 마음껏 사용하겠습니까."

그들은 나름대로 추측하며 쭉 모니터를 주시했다.

[키기기긱! 키기익!]

킬러 앤트 퀸은 현재 재현에게 얻어맞고 있었다. 살다 살다 0과 1로 만들어진 프로그램이 불쌍해지는 건 난생처음 겪어 보는 경험이었다.

Chapter 03
상급 헌터 심사 Ⅱ

첫 번째에서 60여 명 중 반절 이상이 걸러져 딱 30명만 남게 되었다. 재현도 그중 한 명이었다.

첫 번째 심사가 끝나니 어느새 점심시간. 두 번째 심사는 위기 대처 능력을 평가한다고 했다.

이곳에서 또 반절 이상이 걸러진다고 하니 문제의 난이도가 얼마나 높은지 알게 될 대목이었다.

30명의 헌터들에게 각각 교관들이 붙게 되었다. 안내를 맡는 것도 있지만, 이번에는 훈련 프로그램에 같이 들어가기 때문이라고 한다. 어떤 식으로 진행되는지 모르니 일단 두고 볼 일이다.

이제 점심 식사를 하려고 하니, 재현에게 다가오는 사람이 있었다.

"야."

누군가 부른다. 재현은 자신 말고 다른 사람을 부르겠거니 생각하며 관심도 주지 않았다. 그러나 그를 부르는 목소리가 더욱 뚜렷해졌다.

"야, 박재현."

"응?"

그제야 자신을 부르고 있다는 걸 알게 된 재현. 뒤를 돌아보니 그곳에는 유라가 놀란 얼굴로 그를 바라보고 있었다.

"네가 왜 여기 있냐?"

"그건 내가 묻고 싶은 얘기인데?"

유라의 복장은 헌터 양성소 교관의 복장과 똑같이 하고 있었다. 빨간색 모자에 흰색 티셔츠와 파란색의 추리닝 바지. 재현이 박수를 쳤다.

"아, 맞다. 그러고 보니 너 교관 일을 하고 있다고 했지?"

능력 상실 증후군에 걸린 유라는 결국 헌터 양성소에서 교관을 하기 위해 교육을 받고 있다고 정우에게 들은 바 있다.

그게 몇 개월 전 얘기이니 지금 한창 교관을 하고 있을 것이다.

"너랑 이름하고 능력이 같아서 설마설마했는데, 정말 상급 헌터 심사를 보러 온 거야?"

"그럼 내가 여기 심심해서 왔겠어? 당연히 보러왔지."

유라는 믿기지 않는다는 듯 그를 바라보았다. 헌터를 한 지 이제 2년이 넘은 재현. 믿기지 않을 정도의 성장 속도였다.

"발전성이 뛰어나다는 건 교관을 하면서 알게 된 거지만 이건 너무 심한데?"

"나도 얼마나 내가 말도 안 되는지 몇 달 전에 실감했지만."

제대로 실감하게 된 것은 바로 그의 스승인 현주의 얘기를 들었을 때였다.

그냥 숨을 쉬는 것만으로도 그녀가 수련을 하는 것과 동일한 양의 정령력이 쌓인다는 말을 들었을 때.

솔직히 이건 자신이 생각해도 말이 안 된다는 생각이 들 정도였다.

"그나저나 교관 일은 할 만해?"

능력을 상실했다는 말은 직접적으로 하지 않았다.

그녀가 신경을 쓸지 안 쓸지 모르지만, 능력에 대한 말은 삼가는 게 좋을 것 같다고 생각한 것이다.

유라는 어깨를 으쓱였다.

"뭐, 나쁘지 않아. 나름대로 보람도 있고. 가르치다 보니 성격도 좀 많이 죽는 것 같고. 김정우 선배님에게 여러 가지로 많이 배우고 있기도 하지."

"그건 다행이네."

확실히 어떻게 대인 관계를 유지하나 싶을 정도로 성격이 이상했는데, 지금은 온순해진 것 같다는 느낌이 든다. 특히 자신을 공격하는 듯한 말투가 없는 것을 보니 고쳐지긴 한 모양이다.

사람의 성격은 어디 안 간다고 하는데, 그간 정우가 얼마나 고생했을까. 얼마나 힘들었는지는 나중에 따로 만나서 물어보기로 했다.

"……이상하게 상당히 기분이 나쁜데?"

유라는 본연의 표정이 나왔지만 딱히 재현에게 뭐라고 하지 않았다. 이것만으로도 많이 변한 것 같다고 생각하며 빙그레 웃었다.

"뭐, 김정우 교관님께서는 발이 넓고, 사람들과 친하시니 많이 배우면 사회생활에도 좋을 거야."

"왜 그런 말을 내게 하는지 켕기는 게 많지만 그건 인정할게."

유라는 떨떠름한 표정을 지우지 않은 채 그에게 다가왔

다.

모든 헌터들은 대기실에서 식사를 하거나 밖에 나가서 담배를 피우는 등 각자 휴식을 취하고 있다.

재현의 경우 그냥 멍하니 있는 게 대부분이었다.

마침 심심하기도 했는데, 오랜만에 유라를 만났으니 대화를 하면 되겠다 생각했다.

"너 지금 안 바쁘냐?"

"응? 지금은 딱히 바쁘지 않은데. 왜?"

"잘됐네. 대화나 좀 하자."

유라는 어깨를 으쓱이더니 그의 옆에 앉았다.

어차피 두 번째 심사에서 그를 감독할 교관이 그녀였다. 교관들은 한 명씩 붙어 있었다.

이번 심사에서 필요한 교관들인 것이다.

재현은 도시락을 열고 먹었다. 근처에서 산 도시락.

예상한 것처럼 호화롭지 않지만 그냥저냥 먹을 만했다.

"그러고 보니 너 어둠의 정령과도 계약했다며?"

유라는 헌터 때 정우에게 많은 도움을 받았고, 교관 일을 할 수 있던 것도 전부 그 덕분이다. 때문에 정우와 친하게 지내는 편인데, 우연찮게 재현이 어둠의 정령과 계약했다는 소식도 들을 수 있었다.

헌터 동기라고 해도 크게 관심은 없었지만 알게 모르게

이 바닥에서 재현을 주목하고 있었다.

"김정우 교관님께 들은 거지?"

"응."

"사실이야. 그래서 지금 평생 짊어져야 할 게 생겼지만."

그렇다고 딱히 나쁘다는 건 아니다.

어차피 감수해야 할 일이라면 끝까지 짊어지고 갈 생각이다. 그러는 와중 다크니아스의 장난스러운 말이 들려왔다.

[미안, 내가 짐 덩어리였네. 그런데 할 수 없지. 이미 계약을 한 상황이니까.]

재현은 미소로 가볍게 반응해 주었다.

"그나저나 넌 물의 정령하고 어둠의 정령 말고도 더 계약했다며. 얼마나 더 계약한 거야?"

"물의 정령하고 어둠의 정령을 합쳐서 총 다섯 명."

"다섯 명? 정령을 그렇게 많이 계약을 해?"

유라는 이제 질린다는 표정으로 그를 바라보며 기가 차다는 듯이 말한다.

"아주 천적을 만들려고 하지 않는구나?"

두 가지 능력을 지닌 초능력자들도 두 가지 능력이 통하지 않을 때가 있다. 그러나 재현은 정령들과 다수 계약했다.

물의 정령, 번개의 정령, 금속의 정령, 땅의 정령, 마지막으로 어둠의 정령.

그 덕분에 그는 모든 몬스터들을 공략할 방법이 하나씩은 있었다.

이건 마치 초능력자가 다섯 가지 능력을 지니는 것이나 다름이 없는 것 아닐까란 생각이 들었다.

"아예 다른 정령들과도 계약하지 그래?"

"다섯으로도 충분하다고 생각하지만, 기회가 된다면 하지 뭐. 아예 속성이 다른 정령들과 더 계약해서 축구팀 하나 만들까?"

지금 당장 다른 정령과 할 생각은 없었다.

다크니아스 때문에 소환하는 시간이 짧아진 것이 가장 큰 이유였다.

그러나 만약 나중에 기회가 된다면 다른 정령들과도 계약을 하고 싶었다.

이유? 당연히 자신의 전력에 크게 도움이 되기 때문이다. 지금은 정령력이 부족해 다른 정령들과 계약하지 못할 것이다.

'하급이라면 얘기는 달라질 것 같지만.'

중급 정령 한 명과 또 계약하는 건 무리지만, 하급 정령 한 명이라면 어찌어찌 가능할 것 같다는 생각이 든 재현.

어차피 지금 당장 계약할 것도 아니라서 크게 신경 쓰지 않았다.

'그런데 불의 정령하고 바람의 정령하고만 계약해도 꽤 엄청날 것 같은데?'

아영의 파이로키네시스만 봐도 파괴력은 썬다이넨에 버금가고, 현주의 바람의 정령을 보면 바람을 이용한 신속하고 날카로운 공격은 그 누구보다 강할 것 같다. 여기에 바람을 이용해 불을 키워 연합하는 것도 충분히 가능하다.

예전부터 조금씩 생각해 본 거긴 하지만 정말 계약하면 그 어떤 몬스터도 재현의 앞에서 아무것도 아니게 되지 않을까란 생각이 들었다.

그렇게 한동안 얘기를 하던 유라와 재현. 그리고 두 번째 심사를 시작하겠다는 안내 방송이 나왔다.

"이제 시간이 됐네."

유라가 손목에 차고 있던 시계를 바라보며 그가 먹었던 도시락을 비닐에 쌌다.

"어디로 가면 돼?"

"기다렸다가 순서가 되면 나랑 같이 가면 돼."

합격한 모든 헌터들이 5분 내로 모이자 바로 심사를 시작했다. 각자 자신을 감독할 교관들과 함께 어딘가로 이동하는 헌터들.

대부분 10분을 넘기지 않아 나오더니 짐을 싸고 나갔다. 재현은 헌터들이 표정이 와락 구겨진 것을 보고 의아함에 잠겼다.

첫 번째 심사에서는 보지 못한 표정이다. 재현 말고도 대기하고 있던 헌터들도 다들 뭐가 그렇게 불만이었는지 모르겠다는 얼굴이었다. 다만 몇몇 교관들이 피식 웃고 있는 게 보였다.

교관들은 심사 내용이 무엇인지 알고 있기에 무엇 때문에 헌터들이 짜증을 내고 있는지 잘 알고 있었다.

"이런 더러운 심사가 어디 있어!"

심사를 보고 왔던 헌터가 짜증을 부리며 항의하듯 안내원에게 말했지만 아무도 그의 말을 들어 주지 않았다.

"개새끼들. 이유도 없이 갑자기 교관이……!"

심사를 보고 온 헌터가 심사 내용을 말하려던 찰나, 갑자기 목소리가 끊어졌다. 분명 입을 뻐끔뻐끔하고 있는데 목소리가 퍼지지 않았다.

갑자기 목소리가 나오지 않자 헌터도 당황한 표정이 역력하다. 근방에 있던 교관이 다가왔다.

"심사 내용을 말하시면 곤란합니다."

"방금 내 목소리 안 나오게 한 건 네 짓이냐?"

"예, 만일에 대비해서 능력을 잠깐 썼습니다."

"이 개새끼야!"

헌터가 가방을 내팽개치며 교관의 멱살을 잡았다. 하지만 교관에게선 두려워하는 기색을 전혀 찾아볼 수 없었다. 이런 것은 이미 익숙하다는 얼굴이다.

워낙 심사가 어렵고 극악하며 때로는 불합리한 일이 있기 마련이다.

특히 한창 예민해진 헌터들이 애꿎은 교관을 향해 주먹질을 하기도 한다. 근처에 있던 교관들이 자리에서 일어나며 만일의 상황에 대비했다.

교관들은 대부분 헌터에서 은퇴한 자들이다. 이 중 능력자가 다수 포함되어 있었다.

"지금 놓으시면 불이익은 드리지 않겠습니다."

"불이익? 웃기고 자빠졌네. 난 이딴 심사를 용납 못 해! 할 테면 해 봐!"

주먹질을 하려는 헌터. 하지만 멱살을 잡힌 교관이 주먹이 얼굴에 날아들기도 전에 갑자기 사라졌다.

어느새 등 뒤로 이동한 교관. 멱살을 잡은 헌터의 주먹은 허공을 가를 뿐이었다.

"뭐, 뭐야?!"

꽉 붙잡고 있던 교관이 눈앞에서 사라지자, 헌터가 당황해했다.

'저게 텔레포트 능력이구나!'

텔레포트 능력자들이 있다는 건 재현도 익히 알고 있었지만 실제로 본 것은 이번이 처음이었다.

가까운 거리지만 순식간에 이동한 것을 보고 신기하다는 듯 바라보는 재현.

그것을 아는지 모르는지, 교관이 헌터의 손목을 잡아 꺾어 제압했다.

반항하려는 헌터가 능력을 사용하지 못하게 여러 명의 교관들이 달라붙어 수갑을 채웠다.

능력을 구속하는 매직 아이템이다. 경찰이나 헌터들이 범법 행위를 한 헌터를 체포할 때 쓰는 매직 아이템이다.

구속구가 채워지자 능력이 발현되지 않게 된 헌터. 헌터가 발버둥을 쳤지만, 능력을 상실하니 어떻게 빠져나갈 방법이 없었다.

"이거 놔! 놓으라고!"

끝까지 저항하는 헌터. 결국 그 헌터는 여러 명의 교관들에게 붙들린 상태로 끌려 나갔다. 한 교관은 헌터가 내팽개친 가방을 들고 뒤따라 나갔다.

한바탕 소란이 끝나고 재현이 유라에게 물었다.

"저 사람 어떻게 되는 거야?"

"재판에 넘어가겠지."

"당연한 걸 가지고. 교관이 말한 불이익은 뭔데?"

"심사 도중 혹은 끝나고 고의, 보복으로 교관을 폭행하면 3천만 원의 벌금과 함께 헌터 정지 처분이 내려질 거야. 실제로 때리지는 않아서 조금 약할 테지만. 아마 5년간 심사를 볼 수 없게 될 거야."

"……."

헌터와 관련된 법은 참 무겁구나 생각했다. 아무래도 헌터란 존재가 인간 병기나 마찬가지다 보니 죄가 결코 가볍지 않았다.

재현은 방금 전에 일어났던 소란을 떠올리며 잠시 고민하는 표정을 짓더니 정령들에게 텔레파시를 보냈다.

'얘들아. 너희들도 봤지? 꽤 수상하지 않아?'

[시험이 어려운 모양이야.]

[아니면…… 말도 안 되는 경우로 떨어졌다거나…….]

운다인과 메타이온이 그에게 텔레파시를 보내왔다. 재현은 고개를 끄덕여 반응해 주었다.

'뭔지 모르지만 일단 조심하자. 교관과 연관된 일 같으니 누가 주시해 줄래?'

[제가 주시할게요.]

'그래, 노임. 네가 해 줘.'

재현은 나름대로 정령들과 미리 대비하기로 했다. 상황

이 어떻게 돌아가는지 알지 못하지만 수상쩍은 일에 미리 대비하는 것이다.

남들은 그저 불합격한 것에 헌터가 화풀이한 것으로 여길 수 있지만, 재현은 모든 상황에 신중을 기하기로 했다. 약간 수상쩍은 정보를 얻은 이상 그냥 넘어갈 수 없다.

"대기 번호 16번부터 31번까지 들어오세요."

다행히 인원수가 줄어든 만큼 대기 시간은 길지 않았다. 재현의 대기 번호가 불리고, 그들이 자리에서 일어났다.

재현은 유라의 뒤를 따라 이동했다. 이번에도 똑같이 훈련 프로젝트에 들어갔다. 다만 첫 번째와 다른 것은 유라와 함께 들어간 것뿐.

"어떻게 하면 되는 거야?"

"내가 하는 방법에 네가 대처하는 거야."

어떠한 종류인지 말해 주지 않는 유라. 숨기는 것이 있는 것 같기도 하다. 판단은 알아서 하라는 것이다.

곧 배경이 바뀌었다.

이번 풍경은 산속이다. 그리고 몬스터들 사이로 유라가 갇혀 있는 것이 보였다. 그녀가 갑작스럽게 소리쳤다.

"살려 주세요! 여기 사람이 있어요!"

"......?"

갑작스러운 상황에 재현이 어리둥절한 표정으로 고개를

갸웃거렸다. 몬스터들은 침을 질질 흘리며 그녀를 향해 걸어가고 있었다.

유라는 정말 두려운 표정으로 벌벌 떨면서 뒷걸음질을 하고 있었다.

유라도 헌터 경험이 있기에 결코 몬스터를 보고 저런 표정을 지을 수 없다. 민간인이 위기에 처한 상황을 만든 것 같았다.

'연기가 대단한데?'

재현은 유라가 영화배우로 나섰으면 더 좋지 않았을까 생각하며 정령들을 소환했다. 정령들이 몬스터들에게 달려들었다.

다행히 흙바닥이라서 노임이 땅을 파 유라의 안전을 미리 확보할 수 있었다.

"운다인, 턴 웨이브, 라이트닝 스톰!"

재현은 웨이브를 다르게 응용했다. 바로 사방으로 퍼져 나가는 파도를 오히려 모으게 만드는 것이다.

파도에 떠밀린 몬스터들이 한곳으로 모이며 라이트닝 스톰에 노출되었다.

한자리에 모인 몬스터들은 라이트닝 스톰에 맞고 노이즈와 함께 사라졌다. 등급이 낮은 몬스터들.

재현의 순발력 있는 대처로 유라는 그 어떤 공격을 받지 않고 구출할 수 있었다.

"키아아악!"

나무 위 누군가가 괴성을 지르고 소리친다.

재현의 시선이 자연스럽게 위로 향했다. 그곳에는 고블린이 서서 그를 노려보며 소리를 지르고 있었다.

홉 고블린 부족장과 비슷하게 생긴 녀석. 재현은 녀석을 향해 레이저를 쏘았다.

이름: 타락한 고블린 주술 족장

종류: 고블린과

등급: B-

- 고블린 족장 중 주술을 사용한다. 흑마법을 사용하며 강한 일격으로 상대를 무력화시킨다. 저주, 혼란, 현혹, 환각 등 다양한 마법을 구사하기도 한다. 고블린 족장 중 가장 강력한 몬스터로, 빛의 속성을 제외한 모든 속성에 저항력을 가지고 있다. 하지만 물리 공격에는 매우 취약하다. (Tip. 자신을 제물로 상대의 몸을 일시적으로 빼앗을 수 있다.)

타락한 고블린 주술 족장. 재현은 신기하다는 듯 녀석을 바라보았다.

홉 고블린 부족장과 비슷하지만 덩치는 홉 고블린들보다 훨씬 컸다.

인간과 엇비슷한 정도의 크기. 괴기하게 생긴 표정과 새빨갛게 물든 눈빛은 사악함으로 가득했다.

녀석이 지팡이를 높이 번쩍 쳐들어 올리자 주위로 빛의 기둥이 생성되며 고블린들이 나타났다.

고블린 솔져들.

나름 체계를 갖춘 녀석들을 보고 있자니 골치 아파지겠다 생각하며 머리를 긁적였다. 옆을 흘깃 보니 유라는 인상을 찌푸리고 있었다.

홉 고블린 부족장과 관련된 일이 떠올랐는지 인상이 펴질 줄 몰랐다.

녀석에게 당해서 몇 달간 입원했으니 당연히 생각하기도 싫을 것이다. 재현은 유라를 뒤로하고 녀석에게 집중하기로 했다.

B-의 등급. 결코 무시할 수 없는 녀석이다.

아무리 가상의 프로그램이라고 하지만 조심할 필요가 있다고 생각하며 그가 일보 전진했다.

'오른손에는 물, 왼손에는 번개.'

그의 오른손에 물이 떠오르고, 왼손에는 번개가 머물기 시작했다. 녀석에게 마법 저항력이 있다고 하지만 데미지가 들어가긴 한다.

제대로 데미지를 주기는 무리지만 계속 공격하다 보면 언젠가 녀석도 쓰러질 것이다.

녀석의 앞을 고블린 솔져들이 막아섰다. 녀석들은 정령들이 도맡았다.

녀석이 마법을 사용하는 이상 정령들이 전진해서 싸우기는 무리였다.

물리 데미지는 먹히지 않지만, 마법 데미지에는 매우 치명적으로 작용하는 게 정령들이기 때문이다.

"아쿠아 라이트닝 버스트!"

재현의 손에서 번개를 머금은 물줄기가 터지듯 녀석에게 쏘아졌다.

타락한 고블린 주술 족장은 방어막을 생성해 그의 공격을 막으려 했다. 하지만 워낙 강력한 공격에 방어막은 쉽게 허물어지고, 일부가 녀석들에게 쏟아졌다.

"키카가가각!"

감전이 된 듯 몸을 부르르 떠는 녀석. 재현은 이때다 싶어 녀석에게 돌진했다.

양손에 전류를 끌어 올려 사철을 모았다. 그러자 이내 검의 형태로 변했다.

강화된 검.

정령력이 녹아든 덕분에 몬스터에게도 치명적인 타격을 줄 수 있는 검이다.

수정체로 코팅된 검과 별로 다를 바 없기 때문에 재현은 정령력으로 만든 검을 애용했다. 그가 검을 휘둘렀다.

녀석이 급한 대로 지팡이로 그의 공격을 막아 냈다. 마법 저항 때문인지 감전당했어도 팔팔한 모습이다.

그는 이어서 왼손에 있는 검을 휘둘렀다.

잠깐의 틈을 여지없이 파고든 일격. 하지만 녀석은 이를 미리 인지했는지 재빨리 뒤로 물러나 그의 공격을 피했다.

그래도 재현의 빠른 공격 덕분에 녀석의 가슴을 살짝 베고 지나갔다.

'일격에 죽일 거란 생각은 안 했어.'

원래 검이란 건 상대를 한 번에 제압하면 좋겠지만, 그러지 못하는 게 대부분이다. 특히 검을 메인으로 하지 않는 재현에겐 더더욱 어려운 일이었다.

하지만 빠르게 치고 빠지고, 반격하는 것은 가능했다.

"쉐도우 웨폰."

녀석의 그림자에서 검과 창이 쑥 튀어나온다. 하지만 그의 공격은 녀석에게 먹히지 않았다.

어둠에 대한 내성이 강한 모양인지, 큰 타격을 줄 수 없는 것이다. 하지만 녀석을 당황하게 만드는 것은 가능했다.

"다크 게이트!"

재현의 코앞에 어둠의 문이 만들어진다. 재현은 그 안으로 빨려 들어가고, 곧 녀석의 등 뒤로 튀어나와 검을 찔렀다.

정신없이 몰아치는 재현. 하지만 녀석은 또다시 방어막을 만들어 재현의 공격을 막아 내고, 서둘러 거리를 벌렸다.

'다크 게이트는 다 좋은데 정령력이 너무 많이 든단 말야.'

어둠의 기운도 빨리 축적되니 어둠의 힘을 너무 많이 사용하지는 못한다.

혼자 훈련 프로그램에 들어왔으면 상관없는데, 지금은 유라도 함께 있다. 갑자기 살의가 생겨 유라를 공격하게 될지도 모른다.

언제 어디서 어떤 돌발 상황이 발생할지 모르기 때문에 무조건 조심해야 한다.

"어딜 도망가."

재현이 녀석을 향해 한 자루의 검을 던졌다. 정확히 녀석에게 날아가는 검. 녀석이 다급히 지팡이를 휘두르자 빛의 기둥과 함께 고블린이 소환됐다.

"키각!!!"

그리고 소환된 고블린은 재현이 던진 검에 대신 맞고 노이즈로 변했다. 재현은 황당한 표정으로 녀석을 바라보았다.

설마 자신이 소환한 부하를 희생양으로 삼아 자신을 보호할 줄이야. 전혀 생각해 내지 못한 방법이었다.

"이거 아주 질 나쁜 녀석이네. 프로그램 주제에 엄청 영악해."

"재현아, 전부 처리했어!"

고블린들을 어렵지 않게 모두 처리한 정령들은 재현과 합류해 타락한 고블린 주술 족장을 바라보았다.

고블린 솔져들은 속성에 대한 저항력이 없기 때문에 정령들의 공격에 금방 초토화되었다. 또 소환해도 딱히 상관은 없었다.

"운다인. 바다의 기상, 물의 축복."

운다인은 즉각 재현을 향해 버프를 걸어 주었다. 녀석에게 가장 효과적인 공격은 바로 근접해서 물리 공격을 펼치는 것이다. 모든 저항력은 뛰어나지만, 물리 공격까지 좋은 것은 아니다.

"다크니아스, 환각, 공포, 탈진, 피로."

될지 모르지만 재현은 일단 녀석에게 디버프를 걸기로

했다. 그러나 시도도 하기 전에 다크니아스가 고개를 가로 저었다.

"나와 너무 상성이 안 맞는 녀석이야. 모든 저주에 저항하고 있어. 통해도 별로 큰 효과를 보지 못할 거야."

"뭐? 하라는 대로 해! 시도도 안 해 보고 그런 소리 하지 말고!"

재현이 갑자기 신경질적으로 소리를 지르자, 다크니아스가 움찔거렸다. 순간 재현은 자신이 한 잘못을 깨달았다.

"미안."

"괜찮아. 어둠의 기운 때문인걸."

"응."

재현은 한숨을 푹 내쉬며 속으로 끙 앓았다.

'이거 미치겠네. 고작 기술 몇 번 썼다고 이러는 거야.'

현주의 말로는 아직 어둠의 기운에 제대로 적응되지 않아서 조금만 쌓여도 예민해진 것이라고 한다.

적응하고, 익숙해지면 곧 호전될 거란 말만 할뿐.

거기다 그녀는 재현이 예민하게 굴어도 자신의 의지가 아니니 미워하거나 슬퍼하지 말아 달라고 부탁까지 했다.

다크니아스의 감정은 아무렇지도 않지만, 그래도 사과를 하는 게 도리이다.

"키가각!"

타락한 고블린 주술 족장이 재현을 향해 소리치며 지팡이를 빙글빙글 돌렸다. 녀석의 지팡이에서 화염이 이글거리기 시작했다.

재현은 녀석이 무슨 짓을 하려는 것인지 파악하고 소리쳤다.

"운다인, 아쿠아 버스트!"

물줄기가 터져 나오고 동시에 녀석의 화염이 아쿠아 버스트와 맞부딪쳤다.

물과 불의 싸움. 하지만 화력이 압도적으로 강하지 않는 이상 물을 이길 수 없다.

처음에는 녀석의 화염과 대등한 것 같았지만, 곧 밀어내기 시작했다. 상성은 어쩔 수 없는 법. 결국 아쿠아 버스트가 녀석에게 쏟아진다.

녀석이 강한 수력에 멀리 날아가며 나무에 처박혔다.

물 자체로는 큰 데미지를 입히지 못했을지언정, 날아가는 속도로 인해 나무에 부딪치니 녀석에게 충분한 데미지를 주었을 것이다.

'뭐야, 별것 아니네.'

근접전이 특기는 아니지만 육체적으로 약한 녀석을 상대로는 충분히 상대할 만하다고 느낀 재현.

녀석이 팔을 부들부들 떨었다. 녀석은 칼에 베인 상처가 더욱 벌어졌다. 일어나는 것도 힘들어 보였다.

정말 프로그램이 맞나 싶을 정도로 리얼리티가 살아 있었다. 재현은 왼손에 쥐고 있던 검을 오른손으로 옮겨 녀석에게 달려들었다.

절호의 기회를 놓칠 리 없는 재현이었다. 녀석의 심장을 향해 찔러 들어오는 검. 녀석이 다급히 뒤로 피하려고 했지만, 녀석의 뒤에 있는 것은 나무!

녀석의 등이 나무에 가로막히고, 재현의 검은 정확히 녀석의 심장에 박아 넣었다.

"킥! 카가각!"

녀석의 입에서 주륵 피가 흘러나오며 저항하려는 듯 손을 들어 올린다. 녀석의 손에서 빛 덩어리가 일렁이더니 곧 축 늘어지며 노이즈가 되어 사라졌다.

이로써 사냥은 끝.

"뭐야, 생각보다 시시하게 끝났네."

이제 두 번째 심사도 끝났으니 나가려고 하는데, 재현은 문득 주변 풍경이 변하지 않는다는 걸 깨달았다.

그리고 곧 노임의 외침이 들렸다.

"조심하세요!"

재현이 뒤를 돌아보자 그의 시야에 들어온 것은 흙으로

만든 벽에 검날이 툭 튀어나와 있는 것이었다.

흙으로 된 벽이 허물어지자 자신을 향해 손을 내뻗고 있는 유라를 볼 수 있었다.

타락한 고블린 주술 족장과 싸우면서 너무 쥐 죽은 듯이 있어 깜빡 잊고 있었는데, 노임은 잊지 않고 쭉 유라를 주시했던 것이다.

그녀의 주위로 단검이 둥실둥실 떠다니기 시작했다. 예전과 별로 다를 바 없이 현란하게 단검이 주위에 맴돌고 있다.

재현은 한숨을 내쉬었다.

위기 대처 능력. 다른 헌터들이 씩씩거리며 나온 이유를 알 것 같았다.

"배신이나 민간인 혹은 헌터가 몬스터에게 조종된다는 설정도 포함되어 있다는 얘기지?"

타락한 고블린 주술 추장의 능력 중 하나인 자신을 제물로 일시적으로 몸을 빼앗을 수 있는 것. 녀석이 마지막에 뭔가를 했던 것이 바로 자신을 제물로 유라의 몸을 빼앗는 것이었던 모양이다.

재현은 상급 헌터 심사에 대해 철저히 조사한 편이긴 하지만, 매번 심사 내용이 다르다고 했다.

위기 대처 능력은 말 그대로 어떤 상황을 조성하든 교관

마음대로라는 얘기다.

큰 부상을 당해 죽을 위기에 처한 상황이라든가, 갑작스러운 폭주로 어떻게 말릴 것인가 등등이다.

지금까지 심사 내용은 전부 제각각이라서 여러 가지 상황을 생각해도 쉽지 않았다.

헌터는 몸으로 움직이고, 능력을 평가하는 직업. 같은 공식이지만 숫자만 다르게 출제되는 수학 시험과 다른 것이다.

"……."

유라는 대답하지 않았다. 실제 몬스터가 아니라 그 어떤 저주에도 걸리지 않았을 테지만, 유라는 상황에 충실했다.

그녀는 단검을 그에게 날렸다.

흐리멍덩한 눈빛을 보니 다시 연기에 들어간 것 같다. 주위에 떠돌고 있는 돌멩이들도 그를 향해 날아들었다.

"야, 너 코피 난다. 괜찮냐?"

슥—

유라는 아무렇지도 않은 듯 손등으로 코피를 대충 닦고는 다시 전투 자세를 잡았다.

그녀가 나름대로 일에 최선을 다하는 모습이 보이긴 하지만 안타깝다는 생각이 들었다.

"동정하지 마."

유라가 나지막이 입을 열었다.

들으라고 한 소리가 아니라 혼잣말을 한 거겠지만, 청력이 좋아진 재현은 그녀의 목소리를 똑똑히 들을 수 있었다.

"내 일에 최선을 다하는 거야. 그리고 이 날을 위해 아껴두던 것도 있고 말야."

그녀는 한 손에 쥔 단검을 공중에 띄우고는 갑자기 주머니에서 뭔가를 꺼냈다.

그녀가 꺼낸 것은 유리병에 든 알약이었다.

"야, 너 그거 설마……."

"능력 상실 증후군에 걸리기 전의 힘으로 널 상대해 주겠어. 내가 얼마나 노력했었는지 직접 겪어 봐."

그녀의 눈이 이글이글 불타오른다. 마치 최선을 다해 자신을 상대하라는 것처럼 보였다.

그녀가 복용한 약은 일시적으로 능력 상실을 다시 원상복구해 주고, 원래의 힘을 낼 수 있게 해 주는 것이다.

능력 상실 증후군에 걸린 사람들이 복용하는 것이며 남용하면 몸에 매우 해롭다고 알려져 있다.

'윤정이 말로는 복용하는 것 자체만으로도 해롭다고 하는데.'

딴생각을 하던 재현. 그때 유라가 말을 걸어왔다.

"내가 말했지. 널 라이벌로 생각하겠다고. 능력을 상실하고, 헌터에서 조기 은퇴했어도 난 그 생각에 변함이 없어. 이게 처음이자 마지막으로 나와 네가 대결하는 거야."

기세가 더해진다. 그녀의 주위로 더 많은 돌멩이들이 떠오른다. 심지어 나무까지 뿌리 뽑혔다.

재현의 눈이 휘둥그레졌다. 주위를 떠돌던 모든 사물들이 재현을 향해 날아들었다.

✻　　　✻　　　✻

"드디어 신유라와 박재현이 붙었습니다."

헌터들의 싸움을 모니터링하고 있던 영훈과 해리슨. 인원 부족으로 해리슨도 영훈을 도와 같이 헌터들을 모니터링하는 일을 맡아서 했다.

유라와 재현의 싸움을 흥미진진한 표정으로 지켜보고 있었다.

유라는 영훈의 팀 밑에 있는 부하 중 한 명이다. 해리슨은 정우에게 들어서 유라와 재현이 대강 어떤 관계인지 들어 알고 있었기 때문에 그 어떤 때보다 흥미진진했다.

그녀가 일방적으로 라이벌로 의식하는 정도지만, 그녀는 진심이었다.

해리슨이 이를 지켜보며 물었다.

"신유라 교관이 진심으로 나서는군요. 그런데 괜찮겠습니까? 보아하니 약을 복용한 것 같은데…… 말려야 하지 않습니까? 신유라 교관이 무리하고 있는 것 같은데요."

약을 복용하는 것 자체도 해롭지만, 전성기 때의 힘을 끌어올릴 정도면 무시할 수 없었다.

"박재현 씨와는 전성기 때의 힘을 발휘해서 싸우고 싶다 하더군요. 고집이 워낙 세서 저도 하는 수 없이 들어줄 수밖에 없었습니다."

물론 그 힘은 일시적이며 몸에 매우 해롭다.

영훈은 몇 번이고 안 된다 거절했지만 그녀는 자비를 들여서라도 구하려고 할 기세였기에 결국 승낙해 줄 수밖에 없었다.

게다가 그녀의 간곡한 부탁도 그의 마음을 돌리는 데 크게 한몫했다.

워낙 드세고, 남에게 부탁을 하지 않은 그녀다. 그런 그녀가 자신을 직접 찾아와서 부탁을 할 정도면 그만큼 절박했다는 얘기였다.

"물론 안 되겠다 싶으면 곧장 멈출 생각입니다."

자신도 모르게 힘을 남용하면 며칠간 앓아눕는 것으로 끝나지 않을 수 있다. 잘못했다가 정신적 이상이 찾아오고, 환각에 시달리기도 한다. 상황을 봐서 영훈이 즉각 훈련 프로그램을 정지하고, 말리는 것도 가능하다.

　간혹 훈련 프로그램을 진행하는 도중에 폭주하는 자들도 어렵지 않게 볼 수 있기 때문에 항상 의료진과 폭주한 헌터를 제압할 교관들이 따로 존재했다.

Chapter 04
재현 VS 유라

두 번째 심사의 정체는 바로 교관과 싸우는 것이다. 이번 심사에서 불만을 품고 교관의 멱살을 잡은 이유를 재현은 알 것 같았다.

　다 끝났다고 생각했는데, 교관들이 뒤통수를 쳤으니 누구라도 기분이 나빴을 것이다.

　재현도 만약 그 상황에서 공격을 허용당해 불합격처리 되었으면 마찬가지로 교관의 멱살을 잡았을 것이다.

　그나마 노임이 지켜 준 덕분에 그런 생각보다 당혹감이 먼저 들었다.

　'장난이 아니네.'

유라의 사이코키네시스 능력은 재현이 봐도 어마어마하다고 느낄 정도로 대단했다. 나무를 뿌리째로 뽑다니.

물론 주위 풍경들도 전부 프로그램이지만 하나하나 현실성에 맞게 설정되어 있는 것이다. 무게도 실제의 것과 다를 바 없을 것이다.

'하지만 반대로 일시적으로 힘을 끌어 올리는 것일 뿐. 약효는 오래가지 않는다고 했지?'

시중에 판매되고 있는 능력을 향상시켜 주는 약들은 길어 봐야 10분이 채 가지 않는다고 했다.

능력자들의 안전에 대비한 것이기도 했다. 이것이 재현이 승리할 수 있는 최고의 조건일 것이다.

유라가 손가락을 까딱이자, 그녀의 주위로 떠돌던 사물들이 재현과 정령들을 향해 날아들기 시작했다.

그가 사철과 흙 등으로 벽을 만들며 소리쳤다.

"얘들아, 다들 돌아가!"

재현이 정령들을 전부 정령계로 돌려보냈다.

완력으로만 던지는 사물이라면 아무런 해도 입지 않겠지만, 사이코키네시스로 인해 날아드는 사물들은 정령들에게도 영향이 가기 때문이다.

정령계로 되돌리고 나자 그가 만들어 낸 벽이 크게 흔들렸다.

그녀가 날린 돌멩이와 뿌리째 뽑힌 나무들이 벽을 강하게 두드리고 있는 것이었다.

여러 차례 나무뿌리와 돌멩이가 벽을 두드리자 흙벽은 벌써 무너져 내렸다.

이제 사철로 만들어진 벽도 서서히 금이 가기 시작했다. 가루가 우수수 떨어져 내렸다.

계속된 강한 충격에 결국 사철의 벽도 무너져 내렸다. 이제 재현은 고스란히 공격에 노출된 셈이다.

하지만 그는 여기에서 재치를 발휘했다. 흙을 다시 공중으로 띄워 공격을 막아 내면서 흙먼지를 뿌린 것이다.

시야가 차단되자, 유라도 더 이상 무의미하게 힘을 쓰지 않았다.

재현은 흙먼지가 뿌옇게 내려앉은 공간을 돌아다니며 그녀에게서 우회해 뒤를 노렸다. 하지만 어찌 안 것인지, 유라는 싱긋 웃으며 뒤를 돌아보았다.

재현의 몸에 타격이 들어왔다. 돌멩이가 그의 몸을 강하게 때린 것이다. 하지만 딱히 고통은 없었다.

타격음만 요란하게 들리며 몸이 뒤로 날아갔을 뿐이다.

"어떻게……?"

분명 기척을 죽이고 조심스럽게 이동했는데, 그것이 무색하게 그녀는 곧장 알아차렸다.

"내가 말했지? 진심으로 하라고."

말해 줄 생각은 전혀 없는 것 같다. 확실히 싸우는 도중 자신의 전투 방법을 상대에게 말해 주는 것만큼 어리석은 것은 없다. 자신의 밑천을 다 말해 주는 행위를 누가 말해 줄까.

"어차피 다가왔으면 더 심한 타격을 입었겠지만."

유라의 주위로는 나이프가 떠돌아다니고 있었다. 언제 어디서 공격이 올지 모르기 때문에 항시 방어할 수 있게 대비하고 있는 것이다.

게다가 주위로 나이프를 계속 떠돌아다니게 하면서, 공격하려고 들어 올리는 사물들은 따로 조종하고 있다.

'이거 까다로운걸?'

힘들다고 해야 할까. 틈을 일체 봉인하니 재현도 까다롭다고 느낄 수밖에 없었다.

알기 쉬운 패턴으로 싸우는 몬스터와 다르게, 인간과 싸우는 것에는 상당한 어려움이 많이 따랐다.

능력을 여러 방면으로 응용할 줄 아니 생각도 못 한 공격이 들어오기 때문이다.

"지금 다른 생각할 생각이 없을 텐데!"

유라가 나무 파편들을 날린다. 재현은 다시 현실로 돌아왔다. 쉴 틈을 주지 않겠다는 듯 그녀가 재현을 계속 몰아

붙었다. 작은 것부터 큰 것까지. 온갖 돌멩이들이 날아들면서, 그 사이로 나이프가 보였다.

재현의 눈이 빠르게 움직이며 그의 주위로 물방울이 떠올랐다.

"아쿠아 애로우!"

압축된 물방울을 일제히 쏟아 내며 그녀의 공격을 전부 무력화시켰다. 그는 옆으로 뛰어다녔다.

유라는 그를 눈으로 좇으며 연이어 공격을 쏟아 냈다.

아슬아슬하게 그녀의 공격을 피하며 어느새 유라의 앞까지 다가온 재현.

그의 손에서 사철이 모이며 검이 만들어졌다. 재현이 힘차게 검을 휘둘렀다.

정확히 그녀의 머리를 향해 휘둘러지는 검. 하지만 그녀의 나이프가 한 곳으로 집중되며 그의 공격이 가로막혔다.

공격이 막힌 재현. 유라가 승리를 자신한 미소를 지었지만, 그의 얼굴은 어째서인지 회심의 미소로 가득했다.

"걸렸다."

파아앗!

그의 검이 다시 사철로 돌아가며 그녀의 몸에 뿌려졌다.

"……?!"

"아무리 사이코키네시스 능력자라고 해도 가루를 모두

털어 내지는 못하겠지!"

그의 손에는 어느새 전류가 모였다. 상대를 일격에 제압할 수 있는 전류.

유라의 인상이 잔뜩 찌푸려지며 순식간에 몸이 뒤로 빠졌다. 재현이 쏘아 낸 전류는 그녀의 주위로 다시 떠도는 나이프에 가로막혔다.

"우와, 이걸 또 막아 냈어?"

재현은 이제 신기하다 못해 기가 차다는 표정으로 그녀를 바라보았다. 계속해서 이어지는 지루한 소모전. 재현도 이제 질린다는 얼굴을 하고 있었다.

'금방 끝내려면 여기서 힘을 더 끌어 올리면 되겠지만…….'

프로그램으로 이루어진 사물을 들어 올려 날리는 유라와 다르게 재현은 실제 살상력을 가진 힘을 사용하기에 함부로 힘을 사용할 수 없는 것도 한몫을 했다.

그녀는 이를 모르고 전력을 다하고 있지만, 재현은 전력을 다하고 싶어도 할 수 없는 것이다.

'그렇다면 어쩔 수 없이 지구력으로 승부해야겠군.'

재현이 어떻게 이 일을 해결할지 고민하다가 선택한 것은 지구력으로 승부하는 방법이었다. 정령들은 역소환한 상태이기 때문에 정령들로 인해 소모되는 정령력은 없다.

오직 정령화로 소모되는 정령력이 전부. 충분히 해 볼 만한 싸움이라고 생각했다.

*　　　*　　　*

유라와 전투를 시작한 지 벌써 5분째. 서로 치열한 공방을 펼치고 있는 와중 잠시 소강상태에 접어들었다.

"신유라 교관도 꽤 하는군."

사이코키네시스 능력자들 중 가장 잘 다룬다고 알려진 유라. 그 소문이 허언은 아니었나 보다.

"대단하다, 대단해. 유라 씨가 이런 능력자였었다니."

영훈은 그녀가 전투를 하는 것을 보고 몇 번이나 감탄을 터트렸는지 생각이 나지 않았다.

고작 5분이지만, 유라의 전투는 현란하면서도 위협적이었다.

과거 정우에게 멋스러움을 추구한다면서 지적을 받은 이후 그것이 줄어든 결과다.

불필요하게 움직이지도 않고, 사물을 일제히 들어 올려 쏟아 내는 그녀의 능력은 무서워질 지경이다.

'능력 상실 증후군만 아니었으면 크게 될 헌터였겠어.'

재능만 보자면 재현에게 매우 뒤처지겠지만, 노력으로

그 모든 것을 커버했다.

재현보다 능력이 훨씬 낮으면서 이토록 몰아붙일 수 있는 것도 전투 센스가 뛰어난 덕분이다.

유라의 전투 센스는 그녀가 교관이 되면서 능력자들에게도 전파되었는데, 그것이 대한민국의 사이코키네시스 능력자들의 전력을 상승시켜 줄 것이라 기대하고 있을 정도였다.

'하지만 안타깝게도 시간이 얼마 남지 않았군.'

약효가 장시간 지속되는 것이 아니기 때문에 유라에게 남은 시간은 길어 봤자 5분이다. 그 이상은 지금과 같은 능력을 계속 쏟아 낼 수 없었다.

"오, 다시 전투가 시작됐습니다. 주영훈 교관."

옆에 있던 해리슨도 사뭇 흥미로운 얼굴로 같이 모니터링을 하고 있었다. 영훈은 피식 웃으며 모니터에 집중했다.

*　　　*　　　*

유라는 계속되는 전투로 인해 슬슬 지치기 시작했다.

오랜만에 능력을 사용하는 것도 있었지만, 그녀가 복용한 약은 체력까지 저하시켰다.

'날 제압하기보다 약효가 다 떨어질 때까지 시간을 벌 겠다 이거지?'

유라의 눈썹이 씰룩거렸다. 그의 속셈을 알고 나니 괘씸 하게 느껴졌다.

싸우면서 느낀 건데, 상대하기 까다로우니 차라리 시간 이 가길 기다리겠다는 속셈이 훤히 보였다. 그러면서 틈이 나면 공격해서 승리를 쟁취할 셈이다.

여러 방면으로 유라에게 불리한 조건이 많았다.

실제로 타락한 고블린 주술 족장이 상대를 조종하는 시 간도 유라가 복용한 약의 지속 시간과 비슷하다.

자신은 진심으로 상대하려고 약까지 복용했는데, 진심 으로 나와 주지 않아 불쾌한 기분이다.

"그럼 이건 어때!"

유라가 양팔을 하늘 위로 쳐들어 올리자, 땅바닥에 나뒹 굴고 있는 돌멩이와 나무 조각들이 일제히 하늘 위로 비상 했다.

재현은 고개를 위로 쳐들어 올렸다. 하늘 위에서 추락하 고 있는 나무들. 그의 눈이 휘둥그레진다.

유라는 회심의 미소를 짓고는 힘차게 양팔을 내렸다. 동 시에 그녀가 들어 올린 사물들이 빠르게 재현에게 쏟아졌 다.

피하기에는 너무 많은 상황. 유라는 한쪽으로 집중하지 않고, 재현이 피할 것을 염두에 두고 광범위하게 사물을 쏟아 냈다.

어차피 프로그램이라 다치지 않겠지만, 저것을 피하지 못하면 심사에서 떨어질 것이다.

"어스 월!"

그의 주위에 있던 흙이 그의 주위를 덮었다.

무덤처럼 만들어진 흙에 나뭇조각이 박히거나 관통했다. 다행히 긁히는 정도의 타격뿐이지만, 유라가 노린 것은 따로 있었다.

슬쩍 허물어진 그 틈을 비집고 나이프를 날린 것이다. 헌터의 안전을 위해 날이 서지 않았지만 프로그램이 아닌 진짜 사물이기에 맞으면 아프다.

'이건 쓰기 싫었지만……!'

피할 수 없으니 별수 없다. 재현은 손을 내밀어 어둠의 기운을 끌어 올렸다.

"다크 아우라(Dark Aura)."

몇 초 동안 자신을 보호하는 어둠의 기운이 몸을 뒤덮는다. 어둠의 정령에게 있는 유일한 방어 기술이다.

어둠의 기운이 쌓이는 것이 느껴졌다.

온몸을 뒤덮는 기술이기 때문에 그만큼 흡수하는 어둠

의 기운도 많아, 재현이 쓰기 꺼리는 기술 중 하나였다.

캉!

쇳소리와 함께 그녀가 날린 나이프가 보잘것없이 튕겨
져 나갔다. 재현은 주위를 덮은 흙을 허물어뜨렸다.

"다크 게이트."

그의 앞에 빛이 사라진 듯 어둠이 짙게 내려앉으며 문이
만들어졌다. 재현의 모습이 그 어둠과 함께 사라졌다.

재현은 유라의 시각이 닿지 않는 뒤쪽에서 나타났다.

이 거리면 충분히 제압할 수 있다고 생각했다. 하지만
그녀는 어떻게 안 것인지, 즉시 몸을 높게 띄워 그의 공격
을 피했다.

"몬스터에게는 통할지 몰라도, 내게 그런 잔재주는 안
통해."

자연스럽게 하늘을 부유하고 있는 유라가 그를 내려다
보고, 재현이 그녀를 올려다보게 되었다.

그녀는 어느새 연기는 잊고 자신 본연의 모습으로 그를
상대하고 있었다.

유라는 잠시 멎었던 코피가 다시 나기 시작했다. 소매로
코피를 슥 닦고 나서 그녀가 혀를 찼다.

'얼마 안 남았군.'

길어 봤자 고작 5분 정도. 그 안으로 승부를 봐야 했다.

조금이라도 틈을 만들어 보고자 그녀가 다시 전력을 쏟아
내기로 했다.

재현의 발이 살짝 올라갔다. 자신의 의지대로 한 것이
아니라, 발에서부터 무엇인가가 빠져나간 것이다.

[이유를 알았어.]

다크니아스가 앞뒤 생략하고 텔레파시를 보내왔다.

'무슨 이유?'

[유라라고 부르는 그녀 말야. 어떻게 네 위치를 파악하
고 피한 건지 알아냈다고.]

내심 그것이 궁금하기도 했는데, 다크니아스가 알아차
렸다니 얼른 알려달라고 재촉했다.

[아무래도 그 돌멩이. 그녀의 능력이 덧씌워진 것 같아.]

'그게 뭐?'

[사물을 조종하는 능력이잖아. 사이코키네시스가 어떻
게 해서 사물을 들어 올리는지 내가 쭉 지켜본 바로, 능력
을 덧씌워야 가능한 일이야.]

그것까지는 몰랐지만 다크니아스가 그렇다고 하니 재현
은 고개를 주억였다.

'그래서?'

[능력이 덧씌워진 사물을 네가 밟음으로써 그녀가 알아
챈 것이지. 무게감을 느끼거나 하는 걸로 말야.]

그러고 보니 유라가 아주 예전에 무거운 것을 드는 게 힘들다고 했다.

단순히 능력의 문제가 아니라, 무게감이 느껴지기 때문이 아닐까란 생각이 들었다.

그저 땅에 있는 돌멩이였지만, 재현이 그것을 밟으면서 유라가 즉시 위치를 알아내 이동 경로까지 알 수 있다.

이 일대는 그녀가 사이코키네시스를 발현시켰던 곳이다.

뭔가 방법이 있을 거라는 생각을 하긴 했지만 설마 이런 식으로 능력을 응용할 수 있을 줄은 몰랐다.

단순히 사물을 날리는 것이 그녀의 기술이 아닌 것이다.

'이론상 정령력으로 나도 할 수 있겠군.'

덕분에 좋은 생각이 떠올랐다. 한 수 배웠다는 듯 재현이 웃어 보였다.

[그녀도 이제 슬슬 막바지에 달했어. 분명 힘을 다할 때까지 몰아붙일 테니까, 조심해.]

다크니아스는 거기까지 말하고, 더 이상 말을 하지 않았다. 재현이 전투에 집중할 수 있도록 하기 위함인 것이다.

다크니아스의 말대로 유라도 경각에 달한 것 같았다.

그녀의 주위로 지금까지 보았던 것보다 몇 배는 되어 보이는 양의 사물들이 들어 올려졌다.

"미친. 저 많은 양을 어떻게 들어 올리는 거야?!"

심지어 그녀는 흙먼지를 뭉치면서까지 개수를 늘리고 있다.

재현이 경악을 하는 동안 이미 준비를 마친 유라. 그녀가 손을 까딱이자 수많은 사물들이 사방에서 그에게 쏟아져 내렸다.

그가 있는 자리로 일제히 쏟아져 내린 사물들은 순식간에 그의 모습을 사라지게 만들었다. 하지만 유라는 그가 있던 자리에서 절대 시선을 돌리지 않았다.

아직 풍경은 변하지 않았다. 아직 불합격 처리가 되지 않았다는 소리였다.

심사자가 공격당한 양에 따라 자동으로 훈련 프로그램이 불합격 처리를 한다.

'큰일이군. 이제 정말 얼마 남지 않았는데.'

기계가 불합격이 아니라고 했으면 분명 저 안에 재현이 안전하게 있다는 소리였다.

'도대체 무슨 일이……?'

어떤 일을 벌여서 무사한 것인지 몰라 유라가 조심하고 있을 때였다.

갑자기 자신의 발치에서 땅이 들썩들썩 움직이더니 흙더미가 치솟아 오르며 재현이 튀어나왔다. 눈앞에 들이닥

친 재현.

유라가 서둘러 나이프를 손으로 잡아 휘둘렀지만, 그는 재빨리 그녀의 팔을 붙잡고 손을 비튼 후, 넘어뜨렸다.

"내가 땅에서 튀어나올 거란 건 전혀 예상하지 못했지?"

재현은 피하기 불가능하다고 판단하여 그 즉시 땅을 파 자신의 몸을 숨겼다. 그리고 땅굴을 파서 그녀가 있던 위치를 파악한 후, 튀어나온 것이다.

순식간에 제압을 당한 유라. 사이코키네시스를 사용해 공격하려고 했더니 능력이 듣질 않았다. 약효가 다 된 것이다.

너무 많은 힘을 사용한 덕분에 기존에 쓸 수 있던 힘도 쓰지 못했다.

"그래서. 이제 약효도 다 됐겠다, 제압도 했겠다. 이제 판정은 어떻게 되는 거야?"

결국 유라가 한숨을 푹 내쉬었다.

"합격."

그녀의 판정과 함께 훈련 프로그램의 풍경이 다시 바뀌었다.

*　　　*　　　*

유라는 훈련 프로그램에 나오기 무섭게 의료진들에게 둘러싸였다.

약을 복용한 후 코피를 몇 차례 흘렸으니 걱정할 일이다. 유라는 괜찮다고 했지만, 의료진들은 몸 상태가 나빠지면 즉시 자신들을 불러 달라고 했다.

"너 정말 괜찮냐? 병원 안 가 봐도 돼?"

그리고 재현도 유라를 걱정하기도 했다. 합격 통지를 받아 기분은 좋지만, 일단 유라의 몸 상태부터 걱정이 되었다.

"흥. 내가 고작 그런 약 하나 정도로 굴복할 것 같아?"

"하여간."

그놈의 똥고집은 여전하다고 생각하며 재현은 포기하기로 했다. 정말 몸 상태가 좋지 않다 싶으면 알아서 하겠지 생각할 뿐이다. 그래도 혹시 모르니 페트병에 담긴 치료수를 건네주었다.

"자, 혹시 모르니까 마셔."

"물? 혹시 치료수야?"

"응."

효능은 물어보지 않아도 잘 알 테니 알아서 잘 마시겠지 생각했다. 유라는 거절하지 않고 치료수를 건네받고 벌컥 들이켰다. 그녀는 반병 정도 마신 후, 페트병을 바라보며 그에게 물었다.

"그런데 넌 정말 양을 많이 주는구나? 이만한 치료수가 담긴 페트병을 팔면 꽤 많은 돈을 만질 수 있었을 텐데. 선뜻 주다니."

"응?"

"그 표정은 뭐야?"

"아니, 그게 무슨 소리야?"

재현은 무슨 말이냐는 듯 그녀를 바라보았다. 그의 멀뚱한 표정을 보고 유라가 더 이상하다는 듯 바라보았다.

"그렇잖아. 치료수가 얼마나 비싼 건데. 내상도 다스려 줘, 외상도 다스려 줘. 물의 정령을 다루는 정령사도 소수인데. 당연히 나름대로 프리미엄이 붙으니 포션보다 비싸지."

"잠깐. 그게 사실이야?"

"그걸 여태껏 몰랐단 말야?"

헌터로 지낸 지 얼마나 지났는데 그것도 모르고 있었냐는 듯 유라가 바라보고 있다. 재현이 그녀에게 다시 물었다.

"이거 헌터 상점에 팔 수 있어?"

"헌터 상점보다 헌터 거래소가 훨씬 낫지. 거긴 어떤 것이든 가리지 않고 사고팔 수 있으니까. 지금 네가 준 것만 해도 한 병에 200만 원은 할걸? 이것보다 더 좋은 치료수라면 더 나갈 거고."

"말도 안 돼!"

말도 안 되는 가격. 재현이 놀란 표정으로 치료수를 바라보았다.

지금까지 돈이 필요할 때는 열심히 사냥을 해서 벌었는데, 알고 봤더니 치료수가 돈이 더 될 줄이야!

치료수를 만드는 것은 그렇게 오래 걸리는 작업이 아니었다.

1분이면 지금 유라에게 준 것보다 더 좋은 치료수를 만들 수 있다.

그렇다면…… 1분씩 투자해서 치료수를 만든다고 할 때, 한 시간에 60병의 치료수를 만들 수 있다.

한 병당 200만 원. 모두 팔면 1억 2천만 원을 벌 수 있다는 얘기가 아니던가!

돈이 급할 때 치료수만 만들면 이렇게 돈이 잘 벌리는데, 지금까지 어리석게도 사냥을 해서 벌 생각으로만 가득했다.

"뭐지, 이 억울한 기분은?"

참 묘한 기분이다. 지금은 돈이 쌓여 있어 한 달 내내 어지간히도 사치를 부리지 않는 한 돈을 써도 받는 이자 때문에 줄어들지 않는다.

예전에는 돈을 벌기 위해서 사냥을 했다면 지금은 자신의 발전을 위해서 쓰는 쪽이다. 진작에 돈을 벌어 놓았더라면 자신의 발전에 많이 투자했을 것이란 생각을 하고 난후 고개를 저었다.

'아니지. 수련으로 얻을 수 있는 것과 사냥으로 얻을 수 있는 것은 따로 있으니까 꼭 나쁘다고는…….'

이런저런 생각은 들긴 하지만 그래도 억울한 기분은 가시지 않는다. 그냥 자신의 어리석음을 탓하며 한숨을 내쉴 수밖에.

그렇게 스스로에 대한 어리석음에 한숨을 내쉬고 있을 때, 유라가 물었다.

"더 물어볼 거 있어?"

"글쎄. 뭐가 있을까?"

딱히 물을 것도 없을 것 같다고 생각한 재현. 그러다가 불현듯 한 가지 생각이 스쳐 지나갔다.

"그러고 보니 너 나와 전투했을 때 말야. 봐준 거 아냐?"

"……지금 나 놀리니? 네가 훨씬 더 강하다고 말하고 싶은 거야?"

재현은 손사래를 쳤다. 절대 그런 의도로 물어본 것이

아니었다.

"날 꼼짝도 하지 못하게 하고 패면 되는 거 아냐? 그럼 난 어떻게 하지도 못했을 텐데?"

재현은 아주 쉬운 방법을 제시했지만, 그렇게 하지 않은 유라에게 의아함을 표했다. 누구나 쉽게 생각할 수 있는 방법이다.

재현이 아는 사이코키네시스라면 사람을 공중에 띄워 주먹과 발로만 두드려 패도 쉽게 이길 수 있을 것이리라 생각한 것이다.

유라는 머리를 긁적였다.

"경험해 보지 않아서 모르는 건가? 어차피 이미 퍼질 대로 퍼진 이야기니까 말해 줘도 상관없겠지. 직접 겪어 봐."

그러더니 유라가 능력을 사용했다. 약효가 다 되어 재현의 몸을 띄우지는 못하지만, 손가락 정도는 마음대로 움직였다.

"어때?"

"누가 잡아서 움직이는 것 같은데? 근데 상당히 이질적인 느낌이 들어."

"거기서 벗어나려고 해 봐."

재현은 고개를 끄덕이며 그녀의 기운에 저항하기 위해

몇 번 몸을 움직여 보았다. 뚝 끊어지는 기분과 함께 재현의 몸이 자유로워졌다.

"뭐야? 뭐가 이렇게 쉽게 끊어져?"

그의 몸을 덮었던 기운이 순식간에 사라졌다. 마치 꽉 묶였던 포승줄이 칼로 끊어진 것 같은 느낌이다.

"사이코키네시스라는 게 원래 그런 거야. 마나와 비슷한 성질을 가진 능력자들은 마나를 이용해서 더 쉽게 풀어 버릴 수 있지. 그리고 힘이 센 몬스터들도 말이야."

단순하게 생각할 수 있는 것을 왜 안 하나 했더니 역시 이유가 있던 것이다. 수습 헌터 때부터 지금까지 몰랐던 사실이었다.

"궁금증은 풀렸지?"

"응."

그런 이유였다면 재현이 할 말이 없다. 초능력이나 마법이 만능처럼 보이지만 사실 꼭 그렇지 않은 게 현실이다.

그렇게 이동하는 동안 잡담을 나누니 대기실에 도착할 수 있었다. 남아 있던 인원들이 사라져 황량하게만 느껴지는 대기실. 남아 있는 사람은 재현을 포함해서 고작 세 명뿐.

'인원수가 엄청 줄었네.'

60명 중 고작 세 명이 전부라니. 두 번째 심사가 확실히 힘들었던 모양이긴 했다.

누구도 생각지 못한 사람에게 기습을 당했으니 당연한 결과일 것이다.

'그리고 이 중 합격자가 나올 수도 있고, 안 나올 수도 있으니.'

재현도 불합격할 가능성이 크다.

전국에서 꽤 많은 헌터들이 응시를 하는데, 그중 한 명도 되지 못하는 경우도 있기 때문이다.

몇 년 동안 상급 헌터가 한 명도 나오지 않을 정도다. 어지간한 실력으로는 통과하기 힘들다는 얘기였다.

"나는 이제 갈게. 내가 할 일은 여기까지거든."

유라는 어깨를 으쓱였다. 설마 헌터 동기와 이렇게 만날 줄은 몰랐고, 전력을 다할 줄도 몰랐지만 나쁜 기분은 아니다. 오히려 속이 뻥 뚫린 것처럼 시원했다.

"그래. 고생해. 오랜만에 만나니 반갑네."

"그래. 아, 치료수는 내가 가져도 되지?"

재현이 익살스럽게 웃으며 손가락 두 개를 펼쳤다.

"나중에 내 계좌로 200만 원 입금시켜. 아니다. 이왕 이렇게 된 거 홉 고블린 부족장 때 너한테 준 치료수 값도 받아야겠다. 내가 싸게 250만 원에……."

"고맙게 잘 쓸게."

그가 미처 말을 끝내지도 못했는데 유라가 획 하니 등을 돌려 자신의 할 일을 하러 갔다. 재현은 피식 웃으며 대기실에 우두커니 앉았다. 남은 이들과 어색한 침묵이 감도는 가운데, 그는 또다시 멍한 표정으로 천장을 바라보았다.

*   *   *

두 번째 심사는 결국 세 명을 제외한 모두가 불합격하고, 집으로 돌아가야 했다.

재현은 대기실로 돌아오니 의자는 전부 빠지고, 세 명분의 의자만 덩그러니 놓여 있었다. 처음에는 다들 따로따로 떨어져 있었지만, 지금은 딱 붙어 앉게 되었다.

대기실에 들어온 젊어 보이는 교관은 그들에게 인사했다.

"저는 헌터 양성소의 강화 계열 교관인 이현성이라고 합니다. 상급 헌터 두 번째 심사에 합격한 것을 축하드립니다. 세 명이라…… 이번에는 생각보다 많이 남았군요."

"……."

"……."

"……."

현성의 말은 듣고 있었지만, 다들 말없이 그를 바라볼

뿐이다. 아무도 호응해 주지도 않는데, 현성은 익숙하다는 듯 그들에게 설명을 이어 갔다.

"세 번째 심사는 여러분들의 능력을 한계까지 끌어 올리는 시험으로, 극한을 체험하시게 될 겁니다. 여러분들이 지금까지 겪어 봤을 수도 있는, 혹은 겪어 보지 못한 체험을 하게 될지도 모릅니다."

무거운 침묵이 가라앉았다.

마음 단단히 먹으라는 경고다. 그 누구 하나 입을 벙긋하는 이가 없었다. 두 번째 심사도 그들도 까딱 잘못했으면 떨어질 뻔했다.

이보다 더 어려울 거라는 생각은 하고 있었지만, 그들은 얼마나 고된 심사일지 감을 잡지 못하고 있었다.

"세 번째 심사는 일주일 후, 이곳에서 진행하게 됩니다. 그간 충분한 휴식을 취하시기 바랍니다."

그만큼 준비 기간이 필요하다는 것일까. 아니면 마음의 준비를 할 기간을 주는 것일까.

어떤 것이 되었든 결코 만만치 않을 거란 생각이 들었다. 현성은 세 번째 심사 집합 시간과 시작 시간을 알려 주었다.

최종적으로 오늘의 심사는 끝이 나, 짐을 챙겨 각자 집으로 돌아갈 일만 남았다. 끝이 났을 때는 벌써 하늘이 붉

게 물들어 가고 있었다.

*　　　*　　　*

집에 도착할 때쯤은 이미 해가 져 네온사인으로 주위가
환하다. 재현이 심사에서 합격했는지, 떨어졌는지 윤정은
목이 빠지게 기다리고 있었다. 그리고 어쩐 일인지 현주도
결과를 기다린 듯 재현의 집에 와 있었다.

지하 주차장에서 현주의 차량이 있는 것을 보고 혹시나
했는데 정말 와 있던 것이다. 그녀도 결과를 기다리고 있
던 것 같았다.

집에 도착한 재현은 즉각 정령들을 소환했다. 현주의 정
령과 놀게 하기 위함이다. 서로 까르르거리며 놀고 있는
것을 보면 영락없이 어린애 같은 모습이었다.

"합격했어."

"축하해!"

윤정이 그의 품에 달려들며 꼭 끌어안았다. 재현은 하하
웃으며 그녀를 떼어 놓았다. 현주는 시간을 보더니 고개를
갸웃거렸다.

"지금 시간에 끝냈던 건가요?"

세 번째 심사를 보려면 최소한 해가 지고 밤늦게, 혹은

새벽에 와야 정상이다. 그만큼 심사가 오래 걸리기 때문이다.

"아직 하나가 남았어요. 오늘은 두 번째까지만 봤거든요."

"마지막은 아직 하지 않았다는군요. 제자님의 여자 친구분."

윤정이 다소 실망한 표정을 지었다. 그렇다면 아직 합격했다고 할 수 없지 않은가.

"저…… 현주 씨가 내용을 알려 주시면 안 되나요?"

그래도 재현의 합격률을 올릴 수 있는 가장 확실한 방법이 바로 그것이다.

미리 심사 내용을 알기만 하면 상황을 미리 알 수 있으니 말이다. 하지만 현주는 고개를 저었다.

알려 주지 않겠다는 것이 아니라 알려 주지 못하는 까닭이다.

"저도 도울 수 있으면 적극 돕겠지만…… 무리입니다. 상급 헌터 심사는 매우 기상천외한 심사죠. 매번 심사 내용이 바뀌고, 색다르기로 유명합니다. 거기다 저는 상급 헌터 심사를 본 지 10년이 다 되어 갑니다. 10년이면 강산도 변하는데, 그때와 확연히 다르겠지요."

훈련 프로그램이 도입되면서 더 많이 바뀌었다.

재현이 수습 헌터였을 때도 훈련 프로그램이 없었으며 초급 헌터가 되려면 진짜 몬스터를 잡아야 했다.

지금은 수습 헌터들이 생활비를 정부와 헌터 양성소에서 지원받고, 정식으로 초급 헌터가 되었을 때 갖는 형식이다.

고작 2년 만에 이 정도로 바뀌었는데 10년 전과 비교하면 얼마나 변했을지는 굳이 말하지 않아도 될 일이다.

어떻게 해 줄 수 없는 일이기 때문에 윤정은 그저 크게 한숨을 내쉴 뿐이다.

"아, 그리고 제자님. 오늘 들어 보니 여자 친구분께서 헌터 의료 자격증을 취득했다는군요."

"예?"

"모르고 계셨나요? 제자님과 여자 친구분의 시험 날이 오늘이더군요. 그래서 저만 애타게 기다렸지요. 합격 발표 시간은 제자님의 마지막 심사 날짜와 같군요."

재현은 고개를 갸웃거리며 윤정을 바라보았다. 그녀는 부끄러운 듯 말했다.

"혹시 떨어지거나 하면 창피할 것 같아서 얘기하지 않았어."

"세포 재생 외에 인체에 큰 도움을 주는 능력자들을 제치고 합격하겠다고 하더군요. 능력자가 아닌 평범한 사람이 합격한 경우가 아주 없진 않았겠지만 결코 만만치 않았을 겁니다. 제가 알아본 바 1차와 2차도 있던 모양인데 모두 당당히 수석 혹은 차석으로 붙었다고 합니다. 아주 자랑스러워해도 될 일입니다."

의학 쪽은 전혀 모르지만 능력자들을 제치고 합격할 정도면 그녀의 말대로 정말 자랑스러워해도 될 일이다.

불리함을 장점으로 소화하는 능력자를 상대로 순수 자신의 의료 지식을 십분 발휘해 합격한 것이니 말이다.

아직 합격 발표는 나지 않았지만, 1차와 2차를 우수한 성적을 냈으니 3차도 분명 플러스 영향을 주었을 것이다.

"왜 말 안 했어? 나도 열심히 너를 응원했을 텐데."

윤정은 재현에게 말 한마디 하지 않은 채 옆에서 응원만 해 주었다. 서로 격려하면 되었을 텐데…….

"시험 내내 오빠가 걱정할까 봐. 난 오빠가 합격할 것을 믿고 있었지만…… 난 불리한 상황에서 해야 했으니까."

재현의 얼굴이 시무룩해졌다. 서운한 표정을 여과 없이 보이고 있는 것이다.

"합격을 해도 수습 기간이 필요하겠지만, 정식으로 발탁되면 전문의가 되는 거야. 그것도 공무원으로!"

헌터 전문 의사들은 5급 공무원이다.

민간 의사들은 치료하지 못하는 것을 능력을 이용한 치

료와 병행하기 때문에 고급 인력에 포함했다.

민간인이 합격한 사례가 아주 없는 것은 아니지만 매우 힘든 일.

"이제 오빠만 마지막 심사에 집중하면 돼. 나와는 달리 바로 합격 여부가 나오지?"

"아마도 그렇겠지."

"그럼 잘됐네. 서로 집에 와서 합격 여부를 물어보면 되잖아."

합격 발표 시간은 오후 두 시. 재현이 올 때쯤 발표 시간이 될 테니 얼추 비슷할 거라는 생각이 들었다.

Chapter 05
헌터의 자격

시간은 빠르게 흘러 일주일이란 시간이 지났다.

전국에서 서울로 모인 헌터들은 고작 열 명 남짓. 참가자가 천오백 명에 가까웠다는 것을 생각하면 굉장히 소수만 통과를 한 것이다.

상급 헌터 심사의 주제는 몬스터들이 잔재한 곳에서의 생존이다. 몬스터는 진짜가 아니다. 훈련 프로그램의 몬스터이다.

"이번 심사는 전투 중 각자의 파티와 흩어지거나 무너진 상황을 가정했습니다. 또한 도시 곳곳에 다수의 몬스터가 잔재해 있습니다. 생존의 시대 당시, 서울의 모습을 체험하실 수 있을 겁니다."

재현은 생각보다 디테일하게 심사를 하는 것이라고 생각했다. 그러면서 재현은 고개를 갸웃거렸다.

'언뜻 들어서는 매우 쉬워 보이는데?'

뭘까. 오히려 세 번째 심사가 가장 쉬워 보이는 이유는?

가장 어렵다고 알려진 세 번째 심사가 오히려 쉬워 보이다니. 당연히 방심할 수 없는 이유가 있을 것이라 생각할 때였다.

"이를 어떻게 헤쳐 나갈지는 각자의 몫입니다. 모든 상황은 훈련 프로그램에서 진행하게 됩니다. 인원은 총 세 명을 선발하며 죽음을 선고받은 헌터들은 불합격 처리됩니다. 생존했다 하더라도 점수를 책정하게 됩니다. 100점 이상의 점수를 얻으시면 합격입니다. 하지만 미달된 헌터들은 불합격 처리가 됩니다."

한 헌터가 손을 번쩍 들었다. 경상도에서 온 억양이 들렸다.

"저기요, 어떻게 하면 점수를 더 많이 얻을 수 있어요?"

"점수는 비밀리에 진행 중입니다. 여러분들의 행동에 초점을 맞춰 점수가 책정될 겁니다. 몬스터를 잡으면 당연히 점수가 오를 것입니다. 이 외에도 다양한 행동으로 점수에 영향을 미칠 수 있습니다."

일명 생존 서바이벌.

듣기에는 생존하면서 몬스터만 소탕하면 될 것 같지만, 여기에서의 적은 몬스터만이 아니었다.

'경쟁의 대상인 헌터들도 적이라는 소리로군.'

모두 상황을 인지한 듯 주위의 헌터들과 나름대로 거리를 벌리고 있었다.

"프로그램이라고 생각하시지 마시고 실전처럼 해 주시기 바랍니다. 그럼 입장하시겠습니다."

재현과 헌터들이 긴장감이 역력한 표정으로 훈련 프로그램에 입장했다.

각자 쓰는 방이 제각각이지만, 서로 연동이 되기 때문에 만날 수 있다고 한다.

편하게 온라인 게임처럼 연동한다고 보면 되었다. 십여 명의 헌터들이 각자의 방으로 입장하고, 곧 안내 방송이 나왔다.

[5분 후, 상급 헌터 마지막 심사가 시작됩니다. 헌터들께서는 준비해 주시기 바랍니다.]

재현은 정령들을 소환한 후, 몸을 풀었다. 힘든 심사인 만큼 몸을 움직일 양도 만만찮을 것이라고 생각한 것이다.

"재현아, 힘내자."

정령들이 재현을 바라본다. 오늘은 중요한 심사. 이번

심사를 계기로 상급 헌터가 되느냐 마느냐가 결정된다.

걱정은 앞서지만, 지금까지 해 온 것처럼 하면 분명히 합격할 수 있을 것이라 자신했다. 실패해도 크게 상관은 없다. 어차피 이것은 심사. 내년에도 또 볼 수 있다. 실패가 곧 끝이 아니다.

부담은 없잖아 있지만, 그래도 내년을 기약할 수 있다. 심사에서 떨어진다 하더라도 기회는 늘 남아 있다. 지금보다 힘을 키워 봐도 된다는 소리이다.

"그래, 모두 파이팅하자."

재현은 정령들 한 명씩 머리를 쓰다듬어 주었다. 다들 기분이 좋은 듯 헤헤 웃고 있다.

그렇게 5분이라는 시간이 흐르고, 곧 카운트다운이 시작되었다. 카운트다운이 시작되면서 긴장이 배로 된다. 하지만 마음을 다잡았다.

"가자, 얘들아!"

"응!"

그리고 백색으로 가득한 주위 배경이 바뀌었다. 파괴된 도시가 그의 눈동자에 드리워졌다.

*　　　*　　　*

"……."

재현은 주위 풍경을 보고 할 말을 잃었다. 생존의 시대 당시의 서울을 배경으로 했다고 하는데, 매우 처참한 광경이 들어왔기 때문이다.

몬스터가 처음 출몰하고, 전국적으로 피해가 막심했는데 서울의 피해가 가장 컸다.

대한민국의 인구가 집중된 것도 있지만, 거의 대다수의 산업이 서울에 집중된 탓이다.

하늘에는 전투기가 날아다니고 있고, 도로에는 부서진 탱크와 민간인, 군인, 경찰들의 시체가 즐비하다.

부서진 건물도 뭐라고 형용할 수 없을 만큼 처참하기 그지없었다.

반면 몬스터의 사체는 보기 힘들었다.

생존의 시대에는 헌터의 수가 지금처럼 많지 않았고, 대응 수단도 많이 알려지지 않아 피해가 막심했다는데 지금 보여 주고 있는 모습이 딱 그때의 모습과 흡사했다.

이 당시 태어나지 않았던 재현에게는 처음 보는 광경이다.

'한국은 그나마 피해가 덜했다고 하는데, 꼭 그런 것은 아니구나.'

서울에 몬스터들이 습격한 것은 여러 차례 있었지만, 역사책에는 이 정도로 서술하지 않았다.

몬스터가 처음 서울로 왔을 때 피해가 컸다고 나오긴 했지만 사진 한 장으로 모든 상황을 말해 주지 않았다.

"내가 생각했던 것보다 더 어마어마했네."

생존의 시대 당시 서울에 있던 사람이 아니면 제대로 몰랐을 사실이다.

프로그램으로 이루어진 가상의 풍경이지만 리얼리티가 뛰어난 만큼 충격도 컸다.

잠시 멍한 표정을 짓던 재현이 정신을 차렸다. 지금은 생존하는 것이 가장 큰 목적이다. 그는 조심스럽게 건물 안으로 진입했다.

일단 이 건물을 중심으로 거점을 마련하려는 것이다. 건물 내부에 몬스터들이 있는지 없는지 확인했다.

건물 안에는 철저히 파괴된 흔적은 있었지만, 몬스터의 모습은 보이지 않았다.

엘리베이터는 작동되지 않아 계단으로 올라가는 재현. 깨진 유리 조각과 먼지를 밟고 올라가 어느새 옥상에 도달했다.

옥상 문을 열려고 손잡이를 돌렸지만, 잠겨 있는 듯 열리지 않았다.

문을 부수는 게 좋을까 생각했지만, 만일에 대비해 문을 남겨 두는 것이 현명할 것이라 생각했다.

"메타이온. 문을 열어 줄래?"

"맡겨 둬……."

메타이온이 손잡이를 잡고 열쇠 구멍의 모양과 구조를 파악했다. 파악하는 것은 그리 오래 걸리지 않았다.

메타이온은 곧 사철을 모아 구멍 안으로 철을 집어넣었다. 그 안에서 열쇠를 만들고, 빙글 돌리자 문이 열렸다.

"잘했어."

재현은 상이라고 하기엔 뭐하지만 메타이온의 머리를 쓰다듬어 주고는 조심스럽게 문을 열고 진입했다. 건물 옥상에는 사람들이 머문 흔적들이 보였다. 텐트와 버려진 페트병, 쓰레기 등등. 그가 한 발 내밀려고 했을 때 운다인이 뒤에서 그의 몸을 잡았다.

"왜 그래?"

"발 조심해."

운다인의 말에 재현이 시선을 아래로 향했다.

그의 발치에는 함정이 설치되어 있었다. 수류탄 핀과 연결된 줄. 조금만 건드려도 핀이 뽑혀 폭발할 것이다.

"뭐야, 이거."

"실제가 아니야. 내가 생각하기에는 처음부터 프로그램화가 되어 있던 것 같아."

운다인이 아니었으면 여기서 죽음을 맞이하고, 불합격되었을 것이다. 아무리 육체적으로 성장한 재현이라고 해도 몸 자체는 인간이다. 수류탄에 맞으면 죽을 수밖에 없다. 그것은 마스터 헌터들도 마찬가지다.

"운다인, 고마워."

덕분에 함정을 피할 수 있던 재현. 그는 함정에 유의하기로 하고 일단 수류탄의 줄을 먼저 끊어 버렸다.

"이건 유용하게 쓸 수 있겠네."

어디에 쓸 수 있을지 모르지만 일단 챙겨 두기로 했다. 분명 어딘가에는 요긴하게 쓰일 것이다.

재현은 모든 정령들과 함께 옥상 곳곳에 설치된 함정을 찾아내 전부 해체했다.

다양한 함정들. 은밀하게 숨겨 둔 함정들은 예상치 못한 곳에 있는 경우도 있었다.

메타이온이 대부분 찾아 이제 함정에 걸릴 위험도 사라졌다.

"재현아, 여기에 무기가 있어!"

썬다이넨이 안테나가 설치된 사다리 위에 서서 손을 흔들었다.

그는 사다리를 타고 올라갔다. 복잡스럽게 연결된 선 뒤로 무기가 비치되어 있었다.

"이게 왜 여기 있지?"

K-2 소총 한 자루와 실탄 박스다. 그 주위로는 탄피가 어지럽게 굴러다니고 있었다.

무게감이 느껴지는 프로그램. 재현은 의아하다는 듯 실탄 박스를 열어 보았다. 그곳에는 실탄이 채워진 탄창이 들어 있었다.

"흠…… 총은 오랜만에 잡아 보네."

헌터는 예비군에서 제외가 된다. 항상 몬스터를 소탕하기 때문에 제외 대상이 되는 것이다.

덕분에 재현은 헌터가 된 이후로 소총을 잡아 본 적이 없었다. 오랜만에 느껴보는 무게감. 일단 재현은 이를 챙겨 사다리에서 내려왔다.

텐트는 잠깐 몸을 숨기기에는 적절한 곳이었다.

"안쪽에 망원경이 있었네?"

구석진 곳에 있는 망원경. 재현은 요긴하게 쓰일 것이라 생각하며 망원경을 목에 걸었다.

그는 일단 텐트 안으로 들어가 몸을 숨긴 뒤, 회수한 것들을 전부 확인했다. 소총을 분해해 이상이 없는지 확인하고 사용이 가능하다고 결론을 내렸다.

소총 한 정, 탄창에 든 실탄 120여 발, 수류탄 두 개, 크레모아 하나.

한 명이 챙기기에 더없이 좋을 양이었다. 게다가 실탄은 초기에 만들어진 대괴수용탄이었다.

"이게 당시의 기술인가? 별로 좋아 보이지 않네."

쓸데없이 세세하게 구현해 놨다고 투덜거리면서도 없는 것보다 낫다고 생각하며 재현은 남는 주머니에 무기들을 전부 집어넣었다. 그리고 부서진 난간으로 향했다.

바람을 타고 그의 귀에 누군가가 싸우는 소리가 들려왔다. 몬스터와 조우한 헌터가 싸우는 것 같았다.

"다들 열심히 싸우고 있네."

여기저기서 들려오는 폭발음과 괴성. 아무래도 높은 점수를 얻기 위해서는 몬스터를 사냥해야 했다.

그는 망원경으로 주위를 살펴보았다. 혼자 돌아다니는 몬스터가 없는지 확인하기 위함이다.

바람이 불어 그의 머리카락을 휘날리고, 그는 망원경으로 몬스터를 찾는 데 주력했다. 그러다가 그는 뭔가를 발견했다.

"응?"

그리 멀지 않은 곳에 위치한 옥상에서 누군가가 깃발을 들고 흔들고 있었다.

몬스터들 때문에 민간인들이 소리 지르지는 못하고 SOS라고 적은 하얀색 깃발을 흔들고 있었다.

"아무리 봐도 저건 프로그램이겠지?"

어린애들부터 노인까지. 다양한 연령층의 사람들이 몰려 있었다. 하늘도 몬스터들에게서 자유로운 것이 아니었다. 지금과 다르게 생존의 시대 당시에는 비행 몬스터도 다수 존재했다고 한다.

전투기와 헬기가 그들을 구조할 수 없는 상황. 그리고 민간인들이 있는 건물에는 몬스터들이 돌아다니고 있었다.

깨진 유리창 너머로 몬스터들이 돌아다니고 있는 것이 보였다.

"재현아. 구하는 게 좋지 않을까?"

굳이 프로그램을 구할 필요가 있을까란 생각이 들지만, 정령들은 프로그램조차도 구하는 게 좋을 것 같다는 생각을 하고 있었다.

리얼리티가 없었다면 재현도 무시했을 것 같은데, 기술이 너무 좋아 다들 절망에 빠진 표정으로 도움을 요청하고 있다.

"쯧. 별수 없지. 가자."

재현은 건물에서 내려와 프로그램화되어 있는 민간인들을 구출하기 위해 빠르게 이동하기로 했다.

*　　　*　　　*

민간인들이 올라가 있는 옥상은 많은 수의 몬스터들이 남아 있었다. 그 주위만 계속 돌아다니는 몬스터들.

재현은 몬스터들을 소탕해 나가며 건물 옥상을 향해 계속 올라갔다.

"이야, 여기가 노다지네, 노다지야."

방마다 몬스터가 하나씩 있는 것 같았다. 재현은 방마다 문을 열고 들어가 몬스터들을 소탕한다.

"재현아, 뒤!"

운다인의 외침과 함께, 재현이 어깨에 메고 있던 총을 잽싸게 잡아 총구를 뒤로 돌려 방아쇠를 당겼다.

고막이 터질 것 같이 찢어지는 소리와 함께 뒤에서 그를 노리던 몬스터의 몸에 벌집을 내 주었다.

"총도 쓸 만하네."

이왕 이렇게 된 거 총도 장만할까 생각도 들지만, 굳이 이런 것에 돈을 쓸 필요는 없어 보였다.

'돈이 문제가 아니라 효율성의 문제지.'

대괴수용탄과 대괴수섬멸탄. 강력하긴 하지만 가격에 비해 그다지 효율이 좋지 못했다.

수정체 가루가 많이 필요하다는 것도 문제지만, 수요에 비해 가격이 너무 지나치게 높았다. 전 세계적으로 비싸니

엄두를 내지 못한다.

아무리 돈이 많아도 한 발에 못 해도 100만 원이나 하는 총알을 재현도 구입하기는 꺼려졌다.

'치료수를 팔면 그건 쉽게 마련할 수 있겠지만, 비상시 쓰는 것이면 모를까, 자주 애용하기에도 문제가 크고.'

무게가 조금이라도 덜 나가야 움직이기 편한 것이 사실이다. 일단 그 문제는 나중으로 미뤄 두기로 하고 지금은 일에 집중하기로 했다.

모든 방의 문을 열었다. 혹시 쓸 만한 것이 있는지 확인하기 위함이다. 이곳저곳 뒤지는 재현. 그러자 그는 어렵지 않게 뭔가를 발견했다.

"구급약도 있네?"

상자를 열어 보니 소독약과 붕대 등 상비약도 여럿 있었다. 그러고 보니 망원경으로 봤을 때 몸에 붕대를 감고 있던 사람이 있던 것 같기도 했다.

"음…… 내가 다칠 일도 없을 테니 프로그램들이 쓰는 건가?"

일단 발견했으니 주는 것도 좋겠지 생각하며 재현은 구급 상자를 가지고 옥상으로 올라갔다.

옥상에 도달하니 바리케이드가 그를 맞이해 주었다. 몬스터에게는 금방 무너질 조잡한 바리케이드. 재현은 가뿐

하게 바리케이드를 넘어 옥상 문을 두드렸다.

똑똑!

"누, 누구냐."

안쪽에서 두려움에 가득한 목소리가 들려온다. 재현이 안심시키듯 말했다.

"헌터입니다. 구조하러 왔습니다."

그러자 잠금 장치가 여러 번 풀리는 소리와 함께 문이 열렸다. 그가 진입하자, 옥상에서 구조 요청을 하던 이들이 그를 반겼다.

"살았다. 정말 살았어!"

"감사합니다! 정말 감사합니다!"

울먹거리고, 그에게 매달리며 우는 사람들. 재현은 뛰어난 리얼리티를 보고 감탄을 하면서 그의 허리를 안고 우는 아이를 달랬다.

아이는 눈을 크게 다친 듯 더러운 붕대를 감고 있었다. 이를 보니 가슴이 먹먹해지는 것 같았다.

"잠시만 붕대 좀 갈자."

재현은 며칠은 되어 보이는 붕대를 감고 있는 아이의 붕대를 갈아 주기로 하고, 구급 상자를 내려놓고 소독약과 붕대를 꺼냈다.

헌터로 오래 지내고, 윤정과 함께 있던 덕분에 어떻게 처신해야 할지 이런 상황에서도 기억이 났다.

조심스럽게 붕대를 풀자 몬스터의 손톱에 당한 듯 눈이 크게 찢어져 있었다. 흉측한 모양의 상처다. 그럼에도 그는 아무렇지도 않은 표정으로 상처를 이곳저곳 살펴보았다.

워낙 이런 일에는 익숙하다 보니 어지간한 장면도 아무렇지 않았다.

이 아이가 프로그램이 아닌 실제 사람이었다면 평생 지고 가야 할 상처가 생겼을 것이다.

프로그램이 2차 감염이 일어나기야 하겠냐만은, 그래도 리얼리티를 강조한 프로그램이다 보니 소독약을 바르기로 했다.

"많이 따가울 테니까 참아."

아이는 묵묵히 고개를 끄덕이고, 재현은 깨끗한 천에 소독약을 발라 살살 상처에 문질렀다.

아이가 따가운 듯 눈을 꽉 감고, 입을 꾹 다물었다. 재현은 조심스럽게 닦아 내고는 약을 발라 붕대를 감아 주었다.

헐렁하지도, 그렇다고 꽉 동여매지도 않은 붕대. 아이가 인사를 하고 엄마의 품으로 달려갔다.

"일단 상황을 듣기 전에…… 다치신 분들은 제게 오세요."

윤정과 오랫동안 같이 지낸 덕분인지 재현은 필요한 조

치부터 취하는 것을 우선시했다.

*　　*　　*

"다들 열심히 싸우는군."

헌터의 숫자만큼 교관들이 헌터들을 모니터링을 하며 헌 터들의 점수를 실시간으로 체크하고 있었다.

그중 영훈과 해리슨도 포함되어 있었다.

영훈과 해리슨은 오늘 능력자들의 교육이 없었기 때문에 모니터링을 하게 된 것이다.

"그러게요. 다들 열심히 싸우네요."

해리슨은 다소 지루한 듯 모니터링을 하면서 열심히 점 수를 체크하고 있었다.

"해리슨 교관은 지루하신 모양입니다?"

해리슨은 재현의 모니터링을 맡았다.

그쪽이 가장 기대가 되는 헌터이긴 한데 지루한 표정을 짓고 있으니 좀 의외라는 표정이었다.

"사냥보다 치료에 전념하고 있어요."

"치료요?"

"예. 프로그램화된 민간인들 치료요. 덕분에 지루해 죽 겠습니다. 처음에는 전투를 하는 것 같더라니."

영훈은 호기심 가득한 얼굴로 잠시 해리슨의 모니터를 흘깃 쳐다보다가 자신의 모니터를 바라보았다.

"그쪽은 어떻습니까, 주영훈 교관?"

"아주 미친 듯 싸우고 있습니다. 쉴 틈도 없이요."

덕분에 영훈의 손은 바쁘게 움직이고 있었다. 조금이라도 놓치지 않기 위해 열심히 점수를 매기는 중이다.

아무래도 프로그램이 점수를 매기는 것에는 한계가 있다.

그러다 보니 교관은 프로그램이 제대로 매기지 못하는 점수를 모니터링을 하며 점수를 추가하거나 빼는 것이다.

한창 모니터링을 하던 중, 갑자기 영훈의 모니터에 비춰진 헌터의 머리에 피가 치솟아 올랐다.

총알이 머리를 관통하며 헌터가 쓰러졌다.

"제가 모니터링한 헌터가 살해당했습니다."

"누구에게요?"

"잘 모르겠습니다. 같은 헌터에게 당한 것 같습니다. 혹시 모니터링을 한 헌터들 중 방금 전 총을 쏜 헌터가 있습니까?"

영훈이 묻자 한 교관이 손을 번쩍 들었다.

"오발입니까, 아니면 도탄입니까?"

"일부러 저격한 겁니다. 지금 또 다른 헌터를 노리고 있습니다."

드디어 시작했구나 생각하며 그는 씩 웃었다. 이번 마지막 심사는 주영훈의 생각이 그대로 녹아든 심사이다.

그가 의도한 대로 흘러가고 있는 것 같아 내심 뿌듯해지기 시작했다.

"주영훈 교관은 참으로 악랄하군요. 이런 심사를 하시다니."

해리슨이 못 말린다는 듯 한숨을 내쉬며 고개를 저었다.

다른 교관들은 모니터와 눈씨름을 하느라 바빠 반응하지 못했지만, 그의 말에 적극 찬성이었다.

"뭐 어떻습니까. 제대로 된 마음가짐을 갖은 헌터를 찾아내는 게 그 목적인데. 상부에서도 제가 생각해 낸 것이 좋은 것 같다고 적극 밀어줬습니다."

"헌터들의 항의가 빗발치겠군요."

"할 테면 하라고 하세요. 제가 직접 그 헌터에게 탈락한 이유를 설명하면 되니까요. 그쪽에서도 할 말이 없을걸요?"

해리슨이 한숨을 푹 내쉬었다. 이곳에서 그에게 말로 이길 수 있는 사람은 단 한 명도 없다. 아마 말을 잘하는 헌터들도 마찬가지일 것이다.

*　　*　　*

민간인들의 치료를 마친 재현은 그 후에 식량을 조달했다. 건물 내부에 있는 냉장고에 식량이 있다.

건물 내부의 몬스터들을 전부 소탕한 덕분에 가지고 오는 것은 문제가 되지 않았다.

몸이 멀쩡한 사람들과 같이 건물을 뒤져 가며 식량을 충분히 확보하고 가져올 수 있었다.

비행 몬스터들이 다시 활개를 치려고 하자, 그들은 다시 건물 내부로 들어왔다. 바리케이드 안쪽에서 그들이 수면을 취하는 공간인 것 같았다.

"몬스터들이 건물 내부로 들어올 때 이제 죽었구나 생각했는데 덕분에 살았습니다."

비행 몬스터가 있는데 왜 건물 옥상으로 나왔나 했더니 그 이유였다.

확실히 이런 조잡한 바리케이드로는 몬스터를 막기에는 턱없이 부족했을 것이다.

"지금까지 여기서 버티신 건가요?"

"예. 어디를 가든 마찬가지겠지만, 그래도 군부대가 그나마 안전할 거라 생각했었어요. 하지만 전차가 그냥 박살 나고, 군부대도 몬스터들이 점령한 걸 보고 바로 이곳으로 피신해 온 거죠."

재현이 망원경으로 확인한 몬스터들을 보았을 때, 전차들을 쉽게 부술 수 있는 녀석들이 보였다. 트롤도 보이고, 오크들도 다수 있었다.

오크들 열 마리가 마음먹고 전차를 밀어낸다면 충분히 그럴 수 있었다. 몬스터란 것들은 원래 그런 존재니까.

단단히 무장을 한 군부대 근처만 가도 그나마 안전하긴 하겠지만, 꼭 그렇다고 말하기는 부족하다.

이 당시에는 몬스터들을 어떻게 공략해야 할지 제대로 알려진 바가 없기 때문이다.

그 당시의 상황을 제대로 구현했다면 그들도 이를 알고 있을 것이다.

"얼마나 이곳에서 버티신 거예요?"

"거의 2주 가까이 되었습니다."

"2주 가까이요? 물은요?"

물이나 식량이 충분히 확보되었다면 모를까, 재현이 봤을 때, 그들은 그 흔한 페트병조차 가지고 있지 않았다.

재현이 구조한 민간인의 수는 열세 명이다. 2주 가까이 버티려면 꽤 많은 식량과 물이 있었어야 했다.

"수도 시설이 끊기지 않은 덕분입니다."

"흠⋯⋯?"

수도 시설이 제대로 돌아간다? 이런 파괴된 곳에서 수도 시설이 끊기지 않았다니. 놀라울 따름이다.

재현은 그렇다면 이곳이 더 안전하다는 생각이 들었다. 이런 파괴된 도시에서 수도가 제대로 작동하는 것은 큰 메리트이다.

근처를 보니 마트도 있는데, 몬스터들이 돌아다니지 않을 때 재빨리 이동해서 식량을 가져와도 되었다. 그러나 이곳이 아주 안전하다고 볼 수 없었다.

몬스터가 들어와 그들이 옥상으로 내몰린 것처럼 또 그럴 수 있기 때문이다. 그들에게는 무기와 튼튼한 바리케이드가 필요했다.

'바리케이드야 보수하면 되는 거고…… 문제는 만일에 대비해 지킬 무기로군.'

그렇다면 간단하다. 재현은 자신이 들고 있던 무기를 그들에게 넘겼다. 어깨에 메고 있던 소총과 탄창, 수류탄과 지뢰들이다.

몬스터들이 들어올 곳에 함정을 설치한다면 미리 위험을 알고 대피할 시간을 벌 수 있을 것이다.

"일단 이걸 소지하고 계세요. 총 쏘는 법은 아시죠?"

"이걸 주셔도 됩니까?"

주든 안 주든 상관없다. 어차피 그의 무기도 아니고, 주운 것인 데다가 프로그램이기 때문이다.

딱히 재현이 손해 볼 것도 없었다. 재현은 그들에게 페트병을 넘겼다.

"그리고 이건 치료수라고 해요. 마시면 포션처럼 치유를 해 줄 거예요."

"예? 이게 포션과 같다고요?"

"예. 위급할 때 상처에 바르면 하루 이틀 안으로 아물 거예요. 그리고 아래층으로 내려가서 바리케이드를 보강하시고요."

재현이 해 줄 수 있는 것은 여기까지다. 프로그램에게 너무 인심을 쓰는 것 같다는 생각이 들었지만, 뭐 어떤가. 지금부터라도 열심히 사냥하면 그만이다.

"가시려고요?"

"예, 몬스터들을 소탕해야지요."

그들은 재현을 말리지 않았다. 솔직히 무기까지 넘겨준 것만 해도 엎드려 절을 해도 모자랄 판이다.

정말 감사의 인사를 하는 것을 보며 재현은 속으로 내심 뿌듯했다.

제아무리 프로그램으로 된 인간이라고 해도 착한 일을 하면 기분도 좋아지는 것 같았다.

재현은 다시 건물 밖으로 나와 길거리를 돌아다니는 몬

스터를 잡기로 했다.

몬스터들은 길거리를 활보하는 것만이 아니라 건물 내부에도 있었다.

그는 길거리를 지날 때도 경계하며 이동했다. 보이는 몬스터들은 즉각 퇴치하고, 건물 안으로 들어가 남아 있는 녀석이 있나 확인했다.

"별로 안 보이네⋯⋯."

그곳에서 시간을 너무 길게 끌었나 싶었다.

벌써 몬스터와 격전을 벌였는지, 민간인들을 구하러 들어갔을 때보다 몬스터들이 많이 돌아다니지 않았다.

큰일 났다고 생각하며 그는 더욱 바쁘게 돌아다녔다.

몬스터들이 보여도 그다지 등급이 높지 않은 녀석들뿐이었다. F~D급 몬스터들.

누가 생각해도 높지 않은 등급의 몬스터들은 그다지 점수가 높지 않을 거라는 생각이 들었다. 점수를 높이려면 높은 등급의 몬스터를 잡는 것이 좋지 않을까.

그런 생각을 할 때였다. 갑자기 어깨에 통증이 느껴지는 것과 함께 총소리가 울려 퍼진다.

재현은 반사적으로 몸을 옆으로 구르고, 방금 전 그가 있던 위치에 총알이 지나가 아스팔트에 박혔다.

"뭐야, 누가 총을 쏘는 거야?!"

재현은 다급히 몸을 땅바닥에 바짝 엎드려 기둥 뒤로 엄폐했다. 방금 전은 분명 자신을 노리고 쏜 것이었다.

깨진 유리 파편으로 희미하게 앞쪽 건물이 비춰진다.

앞쪽 건물 옥상에서 누군가가 이쪽을 향해 총부리를 겨누고 있었다. 조준경이 햇빛에 비춰지고 있는 것이다.

*　　　*　　　*

한편 훈련 프로그램 밖의 통제실에서는 모니터링을 하고 있던 다수의 교관들이 빠져나간 상황이었다.

방심하다가 몬스터에게 당한 헌터들은 아무 말 못 하고 짐을 싸서 간 반면, 누군가가 쏜 총알에 맞아 불합격한 헌터들은 소란을 피웠다.

"그 새끼 불러내!"

"빌어먹을 자식! 내가 이 날을 위해 얼마나 고생했는데, 아무런 피해도 안 준 날 저격해?! 얼른 불러!"

그 헌터에 대한 분노는 잠재워지지 않았다. 이 날을 위해 나름대로 열심히 준비한 그들의 입장에서는 열 받는 것이 당연했다.

교관들이 계속 말리고 있었지만, 통제가 되지 않았다. 올해는 두 번째 심사에 이어 열 받는 심사를 내놓았다며 더욱 소란을 피웠다.

"주영훈 교관. 안 말려도 되겠습니까?"

"신경 쓰지 않는 게 가장 좋은 방법입니다, 해리슨 교관."

영훈은 자신의 일이 아닌 것처럼 행동하며 해리슨의 옆에서 재현을 같이 모니터링하는 중이었다.

자신이 내놓은 의견 때문에 벌어진 상황인데, 죄책감마저 보이지 않았다. 심사라는 것은 다 이런 법이다.

특히 상급 헌터 심사에서는 그것이 더욱 컸다.

초급 헌터 심사와 중급 헌터 심사는 주로 능력에서 많이 평가되지만, 상급 헌터 심사는 다르다.

능력보다는 어떤 위기에서도 대처할 수 있는 임기응변이 많이 필요로 했다.

B급 몬스터 이상부터는 상성과의 싸움보다 임기응변으로 헤쳐 나가는 상황이 많이 만들어지고는 한다.

상급 헌터의 수가 괜히 500명만 되는 것이 아니다.

헌터들 중에서도 엘리트들이 뽑히는 것이며 마스터 헌터는 그들 중에서도 엘리트 중 엘리트만 뽑힌다.

그들도 지금은 잔뜩 흥분해서 역정을 내고 있지만, 머리를 식히고 나면 괜찮아질 것이라고 생각했다. 물론 항의를 하는 이들도 있을 것이다.

그러나 그들이 얻을 수 있는 것은 없다.

심사 평가가 잘못되지 않는 한 재심사는 불가능. 그것이 헌터계에서 내려오는 전통이다. 그 때문에 불합리한 일이 많이 벌어진다.

차라리 역정을 낼 시간에 자신이 무엇을 잘못했는지 생각하고 수련하는 게 가장 빠른 방법이다.

"그래도 안 말리십니까?"

"다른 교관들이 알아서 잘 막겠지요."

워낙 교관의 경력이 좀 되다 보니 정말 필요할 때나 나서지, 어지간한 일은 거의 손을 쓰지 않는다.

영훈은 어깨를 으쓱하며 뒤에서 들려오는 소란을 뒤로하고 재현과 그를 노리고 있는 헌터를 번갈아가며 모니터링을 하는 중이었다.

한창 긴박한 일이 진행되고 있었다. 지금 이 상황을 놓치기에는 너무도 아쉬웠다.

*   *   *

얼마나 시간이 지났을까. 재현은 기둥 뒤에서 계속 엄폐하고 있었다.

묘한 긴장감이 흐른다. 이게 전장에서 저격수에게 노출된 병사의 심정일까.

총구가 계속 자신을 노리고 있다고 생각하니 당연히 긴장이 될 수밖에 없었다.

오랫동안 몸을 숨긴 덕분에 재현은 이 심사에 대해 의문이 들었고, 그 덕분에 이 심사의 진짜 의도가 무엇인지 파악할 수 있었다.

세 명을 선발한다는 말. 이것은 교관이 헌터들에게 심어 놓은 함정이다. 이는 잘못된 설명이다. 이유는 간단하다.

상급 헌터 심사는 인원수에 가리지 않고 뽑는다. 실력만 입증된다면 누구나 상급 헌터가 될 수 있다.

심사를 보는 1,500명 중 우수한 자가 선발되는 것이 아니다. 1,500명 모두 자격을 갖추었다면 상급 헌터가 될 수 있다.

이것은 누구나 다 아는 소리. 심사 내용은 변하더라도, 결코 그 법은 바뀌지 않았다.

심사 하루 전날까지도 쭉 조사를 해 온 재현이기에 그것만큼은 확신할 수 있었다.

'그래, 이걸 노린 거였구나.'

세 명을 뽑는다고 말했던 교관. 다들 너무 긴장한 나머지 함정을 생각지 못했다.

여기서 그 사실을 알아낸 사람은 몇이나 될까. 몇 명이 될 수도 있고, 재현 혼자만 알아낸 것일 수도 있다.

그는 어떻게 할까 생각하며 굴러 떨어져 있는 방탄모를 들어 살짝 기둥 옆으로 내밀었다.

상대는 총을 쏘지 않았다. 어쭙잖은 것은 통하지 않는다는 소리였다.

방탄모에 총을 쏘면 그 틈에 이동하려고 했는데 불가능할 것 같다. 유리에는 여전히 조준경에 햇빛에 반사되고 있었다.

'리얼리티를 살렸다 하더라도 해가 이동하는 것까지 구현하지 않은 모양이네.'

그림자의 위치가 처음부터 끝까지 변한 것이 없었다. 심지어 구름도 움직이거나 모양이 변하지 않았다. 그는 살짝 다크니아스를 바라본다.

"다크니아스. 혹시 저쪽까지 다크 게이트를 열 수 있어?"

다크 게이트를 열 수 있다면 뒤에서 기습해 상황을 역전시킬 수 있다. 하지만 다크니아스는 고개를 가로저으며 부정을 나타냈다.

"너무 멀어. 무리야. 다크 게이트의 사정거리가 최대 3미터라는 걸 알고 하는 소리지?"

"혹시나 해서 물어봤어. 역시 무리겠지?"

재현은 앓는 소리를 내더니 곧 한숨을 푹 내쉬었다.

일단 가장 중요한 것은 저자를 어떻게든 처리해야 한다는 것이다.

'자기 딴에는 숫자를 줄이기 위해 하는 것이겠지만, 이걸 눈치채지 못하다니.'

재현은 한숨을 푹 내쉬었다.

함정에 빠졌다는 걸 진즉에 알았다면 함께 이 상황을 극복해서 나란히 합격했을 텐데. 합격하는 것에 눈이 멀어서 숫자를 줄이다니.

'아니, 어쩌면 그것도 함정일 수도 있겠네.'

파티를 맺지 않았어도 이런 상황에서는 헌터끼리 힘을 합쳐야 할 때이다. 서로 흩어져서 싸울 것이 아니라 같이 파티를 이루면 더욱 쉽게 일을 헤쳐 나갈 수 있을 텐데…….

재현은 이 상황을 어떻게 극복해야 할지 고민하기 시작했다.

'내 주변에는 몬스터들이 쫙 깔려 있다. 총성을 듣고 온 건가?'

멀지 않은 거리인 데다 일방통행이라서 몬스터들은 재현이 있는 곳에 몰려올 수밖에 없었다.

재현은 쯧 혀를 차며 유리를 향해 시선을 돌렸다. 비행 몬스터들이 하늘을 비행하고 있다. 저쪽도 상황이 그렇게 좋아 보이지는 않아 보였다.

'보아하니 꽤 강력한 총을 쓰고 있어.'

자세한 건 알지 못하지만 총탄 자국으로 대략 추측할 수 있었다. 대괴수용 저격총이다. 아일린이 쓰던 것과 크게 차이가 나지 않을 것이다.

'게다가 대괴수용 섬멸탄을 쓴다면 내 갑옷이 튕겨 나가겠지?'

처음 어깨에 명중했을 때 제대로 박히지 않은 것으로 대괴수용탄은 별로 의미가 없다고 생각했을 것이다. 대괴수용 섬멸탄만이 뚫을 수 있다.

자신을 노리는 저격수가 대괴수용 섬멸탄을 가지고 있는지 없는지 모르지만, 만일 있으면 정말 큰일이다.

'없다 하더라도 머리를 맞추면 난 즉사하겠지.'

있으나 없으나 문제가 크다는 것이다. 어떻게 하면 좋을까 생각하다가 재현은 문득 운다인을 바라보았다.

그리고 그가 미처 생각하지 못했던 것이 떠올랐다.

"운다인. 물을 가득 모아. 물을 압축하지 말고 최대한 부풀려. 그리고 그걸 허공에 띄워."

운다인은 재현을 바라보며 고개를 갸우뚱거렸다.

"뭘 하게?"

"생각이 있어서 그래."

운다인은 재현이 말해 주지 않았지만 그의 확신이 찬 표정을 보고 물을 잔뜩 모으기 시작했다.

순식간에 모인 물은 어느새 재현 한 사람의 몸을 전부 담고도 남을 양이 되었다.

"좋아, 내가 신호하면 그 물에 어떤 형태로도 만들지 말고 앞으로 가서 날 방어해 줘."

운다인이 고개를 끄덕이며 손가락 세 개를 펼쳤다. 그리고 하나씩 접으면서 그가 튀어 나갈 준비를 한다. 그리고 손가락을 전부 접었다.

"지금이야!"

운다인은 재현의 신호에 맞춰 부풀린 물을 허공에 띄웠다. 재현은 잽싸게 운다인의 뒤에 섰고, 건물 옥상에서 번쩍 빛이 났다. 그리고 총알이 정확히 재현의 머리를 향해 날아왔다. 물이 크게 튀어 올랐다. 하지만 재현이 총에 맞는 일은 없었다.

"지금쯤 당황했겠지?"

그의 말대로인 상대가 당황한 모양인지 연이어 몇 발의 총성이 더 울려 퍼졌다.

물이 크게 튀어 올랐지만 마찬가지였다. 날아든 총탄은 물에 둥실둥실 떠다닐 뿐이다.

총알은 회전력으로 인해 파괴력이 강해진다. 하지만 수

심이 조금만 깊어도 파괴력을 잃어버린다.

몬스터를 퇴치하기 위해 만들어진 무기와 총알도 마찬가지다. 그래도 혹시 모르니 좀 더 두껍게 했다.

어지간히 강한 화력을 지닌 총이라고 하더라도 포탄이아닌 이상 어쩔 수 없다. 재현은 그것을 노린 것이다. 녀석은 결코 재현을 쓰러뜨릴 수 없었다.

재현은 옥상을 가리키며 외쳤다.

"썬다이넨, 최대한 요란한 기술을 써! 썬더 볼트!"

썬다이넨이 손을 활짝 펼치자 번개가 요란한 소리와 함께 옥상을 향해 쏟아졌다. 그의 말대로 최대한 요란하게 하자 주위에서 심상치 않은 소리가 울려 퍼졌다.

몬스터들의 괴성이다. 심지어 하늘을 비행하고 있던 비행몬스터도 그 소리를 듣고 몰려오고 있었다.

"이제 네가 엿 먹을 차례다."

재현이 중지 손가락을 옥상을 향해 펼쳐 든 후, 곧장 도주했다. 녀석은 피할 곳이 없었다. 하늘도, 땅도 전부 몬스터로 잔뜩 깔렸다.

*　　　*　　　*

"허, 설마 몹몰이로 이 상황을 헤쳐 나간 건가?"

영훈이 기가 찬 표정으로 모니터를 바라보았다.

옥상 위에서 전장을 장악하던 저격수를 이렇게 쉽게 잡아낼 줄이야. 그것도 설마 일부러 요란하게 해서 몬스터를 몰아올 줄은 몰랐다.

결코 잡을 수 없을 것이라고 생각했는데 비행 몬스터를 이용할 줄이야. 전혀 예상치 못한 발상이었다.

옥상에서 헌터들을 저격하던 헌터를 모니터링하던 손진희 교관이 손을 들었다.

"지금 막 남아 있는 헌터가 하피에게 잡혀 죽음을 맞이했습니다. 이 헌터는 총 13명 중 6명을 사살했습니다. 역대 헌터 중 최악의 헌터입니다."

손지희 교관의 표정은 잔뜩 찡그려져 있었다.

아무리 훈련 프로그램이라고 하지만 설마 같은 헌터들을 이토록 많이 사살할 줄이야.

오발로 인한 것이었으면 실수라고 생각하면 된다.

실전에서는 오발로 인한 사상자도 꽤 많이 나오기 때문이다. 하지만 그 헌터는 결코 실수로 한 것이 아니다.

일부러 자신이 들키지 않을 곳에 위치를 잡고 헌터들을 사냥했다.

역대 헌터들 중 가장 비정상적인 사람이라고 볼 수 있었다.

"아무리 프로그램이라고 해도 이건 게임이 아니니까. 단순한 문제가 아니야. 그 사람 정신 치료부터 시켜야겠군. 직접 데리고 대기실에 대기시켜 놔."

"예."

영훈의 말에 손지희 교관이 따르기로 하고 훈련 프로그램 방으로 향했다. 영훈이 다시 모니터를 바라보았다.

재현은 잠시 안전하게 몸을 피했다가 몬스터들이 모이자 즉각 범위 공격을 가하며 몬스터들을 잡아내고 있었다.

지금 자신을 제외하고 모두 집으로 간 것도 모르는 상황이었기 때문에 누구에게 빼앗길까 몬스터 소탕도 아주 열심히 하고 있었다.

"끝내죠. 더 해 봤자 의미도 없을 것 같으니까요."

"예."

해리슨은 안내 방송을 켰다. 훈련 프로그램에 들어온 이들에게 전송되는 안내 방송이다. 남아 있는 헌터는 재현밖에 없으니 재현만 안내 방송을 듣고 있는 셈이다.

*　　　*　　　*

"뭐야? 이거 제한 시간도 있었나?"

재현은 훈련 프로그램이 끝나자 풍경이 다시 백색으로

변하는 걸 보고 고개를 갸웃거렸다. 아무리 기억을 되짚어도 딱히 제한 시간이 있던 것 같지는 않았다.

시곗바늘은 어느새 오후 3시를 가리키고 있었다. 오전부터 시작해 점심도 거른 채 오랫동안 진행한 심사였다. 당연히 운동량이 꽤 된 덕분에 그의 몸은 땀범벅이었다.

"다섯 시간 동안 있던 건가?"

정말 오랫동안 있었다. 시간이 꽤 지난 것 같기는 했는데 설마 다섯 시간 이상 진행할 줄이야.

"재현아, 일단 이거부터 마셔."

운다인이 정화수를 만들어 재현에게 건네주었다. 그가 운다인의 머리를 쓰다듬었다.

"고마워. 얘들아, 다들 수고했어."

심사가 끝났으니 이제 자신이 합격 여부만 기다리면 되었다. 합격을 했든 안 했든 일단 정령들도 고생을 했으니 머리를 쓰다듬어 주었다.

결과는 나중에 따로 말해 주겠지 생각하며 밖으로 나오자 어떤 외국인이 문 앞에 서 있는 것이 보였다.

옷을 보아하니 교관인 것 같았다. 밖으로 나오자 외국인이 있으니 당황한 재현이 더듬더듬 영어로 물었다.

"어…… 웨얼 슈드…… 아이 고?"

외국인이 빙그레 웃어 보이며 대답했다.

"저를 따라오시면 됩니다."

"아, 한국말 참 잘하시네요……."

"감사합니다."

그냥 눈만 감고 듣는다면 한국인이라고 착각할 정도로 발음도 매우 유창하다.

머쓱한 표정을 지으며 재현은 외국인 교관을 뒤따랐다. 외국인 교관은 어디론가 이동하며 말을 걸었다.

"전 해리슨이라고 합니다. 박재현 씨."

"아, 예. 반갑습니다."

"김정우 교관에게 얘기는 많이 들었습니다. 뛰어난 정령사가 있다는 말을 들었는데 실제로 보는 건 처음이군요."

"아, 그렇습니까?"

정우라면 헌터 양성소의 모든 사람들과 친할 거라는 생각이 들었다. 가장 가까운 사람이라는 생각은 전혀 해 보지 않았다.

해리슨이 빙그레 웃으며 말을 이어 갔다.

"당신 같은 정령사는 처음 보았습니다. 다섯 명의 정령과 계약을 하다니. 어지간하면 감히 시도도 못 해 볼 일이죠."

"그런가요?"

"예, 위험 부담도 크죠."

정령과 계약을 할 때 그 위험 부담을 말하는 것 같았다.

재현은 지금껏 자신의 수준에 맞는 정령들과 계약한 덕분에 아무런 탈도 없었다.

'어떻게 속성에 구애를 받지 않고 계약을 할 수 있을까.'

바로 그것이다. 아무리 뛰어난 정령사라도 여러 속성의 정령과 계약하기에는 한계가 존재했다.

자신의 속성에 맞지 않은 정령과 계약하게 되면 어찌 되는지는 누구나 다 뻔히 아는 사실이다.

불의 속성과 맞지 않으면 온몸이 불길에 휩싸일 수도 있고, 물의 속성과 맞지 않으면 물이 되어 사라질 수도 있다.

속성에 맞지 않더라도, 어떻게든 되었다 하더라도 그 위험 부담은 항상 안고 살아야 한다. 그런데 재현은 다섯 명의 정령과 계약하고도 아무렇지 않았다.

한국의 마스터 헌터 정령사가 괜히 두 명의 정령만 데리고 다니겠는가.

해리슨이 흘깃 정령들을 바라보았다.

'게다가 저 많은 정령을 소환하고도 아무렇지도 않은 것도 지켜볼 만한 일이지.'

방대한 정령력 탱크를 지닌 그를 보고 있자니 기가 찰 정도다. 어느 곳 하나 놓칠 구석이 없고 흥미로운 사람이었다.

그렇게 짧게 대화를 나누고서 온 곳은 학교 강당과 비슷한 곳이었다. 먼저 온 사람들이 있던 듯 몇 개의 의자가 아무렇게나 어질러져 있다.

"먼저 온 사람이 있었나요?"

"예, 죽음을 맞이한 헌터들이 먼저 와서 점수와 불합격의 이유를 듣고 나갔습니다."

"저…… 얼마나 탈락했는지요?"

"지금까지 11명이 탈락했습니다."

"……."

그러니까 마지막 심사자의 대다수가 탈락했다는 소리였다. 자신도 모르게 다시 긴장하는 재현. 자신도 탈락자가 되지 않을까 생각했다.

"이곳에서 박재현 씨의 점수와 합격 여부가 발표될 예정입니다. 앉아서 기다리시면 됩니다."

해리슨은 빙그레 웃어 보이고는 밖으로 나갔다.

"걱정하지 마, 재현아."

"넌 최선을 다했잖아. 분명 좋은 결과가 있을 거야!"

옆에서 정령들이 위로해 주었다. 운다인과 썬다이넨이 등을 토닥여 주었다.

"실패는 성공의 어머니……."

"메타이온! 그 말은 떨어졌을 때 쓰는 말이에요!"

메타이온의 말에 화들짝 놀라 소리치는 노임을 보니 재현이 하하하 웃었다. 노임이 살짝 눈치를 보다가 말했다.

"저기 그러니까 걱정 마세요. 마지막에 많은 몬스터들을 잡았잖아요. 분명 좋은 점수를 얻었을 거예요!"

다크니아스도 옆에서 거들었다.

"그래, 누가 보더라도 넌 정말 최선을 다했어. 만일 안되면 나중에 내 힘을 제대로 이용하는 법을 익혀서 다시 심사하면 될 거야."

이번 심사에서 다크니아스는 거의 활약할 일이 없었다.

이유?

아직 재현이 어둠의 힘을 제대로 다루지 못하기 때문이다. 조그만 양으로도 심경 변화가 일어나 버리니 재현이 자제한 결과다.

심사가 끝나면 어둠의 힘에 노출을 많이 시켜야 한다.

어둠의 힘에 익숙해져 지금보다 더 많은 어둠의 힘이 쌓여도 변화가 거의 없게 만들기 위함이다.

옆에서 잘 될 거라며, 혹은 떨어져도 기회는 얼마든지 있다며 괜찮다고 위로해 주니 재현의 마음이 한층 더 가벼워졌다.

그래, 심사는 이번만 있는 게 아니다. 무엇보다 재현은 이번이 첫 심사이다.

10년째 심사를 보는 사람도 있다고 하는데, 고작 한 번 떨어졌다고 낙심하기에는 이르다.

　'그래, 난 최선을 다했어. 떨어지면 뭐 어때. 다음에 열심히 하면 되지!'

　다시 마음을 잡자 긴장감이 거의 사라졌다. 뒤이어 또 다른 헌터가 나타나더니 재현을 보고 시선을 옆으로 돌렸다. 의도적으로 고개를 돌린 것이다.

　'아, 이 사람이 날 저격한 사람인가?'

　충분히 그럴 수도 있겠구나 생각하고 있지만 솔직히 좀 화가 났다. 저격을 당해 심사도 제대로 보지 못하면 누구나 열 받을 것이다.

　그는 재현과 일정 거리를 벌린 채 자리에 앉았다. 그러면서 계속 재현과 눈이 마주치지 않으려고 이쪽으로 시선을 돌리지 않았다.

　"안녕하십니까, 주영훈 교관입니다. 오랜 준비를 하셨을 텐데, 결국 두 명만 남게 되었군요."

　그들 한가운데에 영훈이 빙그레 웃으며 입을 열었다.

　"이번 심사는 헌터의 자격이 있는 자들을 선발하는 심사였습니다. 헌터의 자격이 무엇인지 모르는 사람은 없으리라 봅니다. 수습 헌터 때 일정 교육기간에 반드시 배우는 기본 원칙이니까요."

재현은 고개를 끄덕였다. 헌터의 자격. 그것은 기본적이
기도 하면서 잊어버려서는 안 되는 철칙이다.

[헌터의 자격]

1. 헌터는 몬스터가 도시로 들어오지 않게 평시 몬스
터를 소탕한다.
2. 헌터는 평시 자유롭지만, 유사시 국가, 지휘관의 명
령에 따라 움직이고 복종한다.
3. 헌터는 민간인을 보호할 의무가 있으며 민간인에
대한 고의적인 피해를 입힐 시 모든 책임을 진다.
4. 헌터는 자신의 힘을 남용하지 않으며 남에게 피해
를 끼치지 아니한다.
5. 헌터는 어떤 상황에서든 함께 힘을 합쳐 몬스터 소
탕에 주력한다.

이것이 헌터의 철칙이며 헌터에게 필요한 자격이다.
"수많은 헌터들이 첫 번째 원칙을 매우 잘 지켰습니다.
이번 심사에서 두 번째 사항은 제외했지만 말이죠. 자, 이
제 점수를 알려드리겠습니다."
그의 뒤에 있던 스크린이 내려왔다.

"먼저 류지혁 씨의 점수부터 공개하겠습니다."

영훈은 리모컨 버튼을 눌렀다. 곧 스크린에 류지혁의 점수가 먼저 나타났다. 류지혁의 점수는…….

"-694점이군요."

"내 점수가 왜 이래!"

"헌터를 살해할 시 -70점, 민간인은 -90점입니다. 소탕한 몬스터는 등급별로 점수를 획득하게 됩니다. F~D급이 10점, C급 몬스터부터는 15점. 점수도 확실히 획득하셨지만, 너무 많은 헌터와 민간인을 살해, 위협하셨군요."

영훈은 종이를 넘기며 그의 점수가 잘못되지 않았는지 다시 확인한다.

잘못되었다 하더라도 딱히 의미는 없을 것 같았다.

큰 폭으로 차이가 나지 않을 것 같기도 하고, 헌터와 민간인 살해한 점수만 합산해도 어차피 불합격이기 때문이다.

"걱정하지 마십시오. 불합격한 헌터들 대부분이 마이너스였으니까요. 아, 참고로 위험에 빠진 민간인들을 무시하는 경우에도 점수를 깎았습니다. 류지혁 씨의 경우 세 그룹의 민간인을 발견하셨는데 전부 무시하셨습니다."

"그건 말해 주지 않았잖아!"

"제가 말씀드리지 않았습니까. 헌터의 자격을 심사하는

것이라고. 또한 행동에 따라 점수에 영향을 끼칠 것이라고."

"이건 너무한 거 아냐?"

"걱정하지 마십시오. 대부분의 헌터들이 마이너스 점수였으니까요. 그래 봐야 마이너스 30점 정도였지만요. 플러스 점수를 얻은 헌터도 20점대였습니다."

영훈은 딱 잘라 말하며 종이를 덮었다. 더 읽어 봤자 의미가 없다는 뜻이다.

"점수를 확인하고 싶으시다면 확인해 드릴 수도 있습니다. 어차피 이 점수에서 거의 변하지 않겠지만요."

오히려 파악하지 못한 일을 찾아 점수가 더 낮아질 수도 있다.

"잠깐! 진즉에 그걸 말해 줬으면 나도 지켰을 거라고!"

"전 분명 시작하기 전에 말씀드렸습니다. 실전처럼 하시라고. 이걸 말하면 진심으로 원칙을 지키는 헌터를 구분하기 어렵잖습니까?"

"그렇게 말하면 누가 알아들어!"

류지혁은 억울함을 토해냈지만, 영훈에게 씨알도 먹히지 않았다. 오히려 그는 더욱 그를 몰아붙였다.

"류지혁 씨는 지금까지 얼마나 많은 헌터들을 죽였는지 아십니까? 13명 중 6명의 헌터를 사살, 프로그램이지만 민간인들도 4명이나 사살했습니다. 이게 실전이었으면 류지혁 씨는 법적으로 사형입니다."

"하지만 이건 프로그램……"

"류지혁 씨. 이건 심사입니다. 이게 서로에게 총질해 대는 게임인 줄 아십니까?"

류지혁은 찔리는 표정을 지으며 그에 대한 대답을 하지 못했다. 결국 그는 어물쩍 화제를 피했다.

"그럼 세 명을 선발한다는 얘기는……."

"아, 그건 훗날 마스터 헌터 심사를 볼 시, 우선적으로 심사를 볼 자격을 말하는 것이었습니다. 우수한 헌터에게는 당연히 그런 특권을 주어야지요. 심사가 끝나고 깜짝 선물을 마련했는데 소용이 없게 되었지만요."

"……."

"아, 추가적으로 류지혁 씨는 정신 치료와 함께 관리와 보호 대상에 들어갑니다."

"뭐?! 정신 치료? 난 제정신이야!"

"아무리 가상이라고 해도 헌터와 민간인에게 총질을 한 건 제정신으로 할 일은 아니지요. 거부권은 없습니다."

"인권 단체에 신고할 거야!"

노발대발하는 류지혁. 하지만 영훈은 가소롭다는 듯 웃었다.

"인권 단체에 신고하든 말든 상관 안 합니다. 정신 치료가 절실하다는 증거는 이미 확보된 상황이니까요. 훈련 프로그램의 영상도 충분히 증거물이 될 수 있습니다."

헌터를 관리하는 것은 헌터 기관에서 맡는다. 정신 치료가 절실하다고 하면 강제로 할 수 있다.

헌터에 대한 관리는 강제성이 따르는 것이기도 했다. 결국 류지혁의 입이 굳게 닫혔다. 뭐라고 항의해 봤자 자신이 손해라는 것을 깨달은 것이다.

옆에서 지켜보고 있던 재현은 물 건너 불구경이다. 재미있다는 듯 이를 바라보고 있었다.

'역시 교관 일을 많이 해 본 사람은 다르네. 말에서 절대 안 밀려.'

역시 베테랑은 다르긴 다른 모양이다. 결국 류지혁이 아무런 항의도 못 하고 침묵하며 고개를 푹 숙였다. 자신이 한 짓이 얼마나 터무니없던 것인지 스스로도 잘 인식하고 있을 것이다.

영훈은 시선을 돌려 재현에게로 향했다.

"자, 그럼 이제 박재현 씨의 점수입니다."

전광판의 숫자가 바뀐다. 재현의 점수는…….

"247점……?!"

생각보다 높은 점수에 재현의 입이 떡 벌어졌다. 설마 이토록 많은 점수를 얻게 될 줄은 꿈에도 생각지 못했다.

"구해 낸 민간인이 한 명당 20점. 여섯 명을 구하여 120점입니다. 거기다 추가적으로 치료와 함께 자신이 입수한 무기를 건네고, 식량을 구해 주고, 치료수까지 주어 점수를 더 획득하셨습니다. 그 외에도 몬스터 소탕도 있습니다."

영훈이 흐뭇한 미소를 지으며 종이를 바라보았다. 류지혁이 뭔가 말하려는 듯 일어나려고 할 때, 영훈이 또다시 입을 열었다.

"박재현 씨의 경우 류지혁 씨를 상대로 몹몰이 범죄를 일으켜 점수가 줄어들었습니다. 물론 인명을 해치는 복수도 용납 못 할 행위이지만, 정당방위로 인정되었습니다. 점수가 깎이긴 했지만 크게 깎이지 않았습니다."

그리고 류지혁은 아무렇지 않은 듯 조용히 자리에 앉았다. 자연스럽지 않은 행동이지만 모르는 척했다.

"합격 기준이 100점. 그렇다면……."

"예, 축하드립니다. 박재현 씨. 상급 헌터가 되셨습니다."

"……!"

재현의 눈이 휘둥그레지며 얼굴에 기쁜 미소가 번졌다.

*   *   *

재현의 상급 헌터 심사는 성공리에 마쳤다.

높은 점수로 당당히 합격. 일주일 후 헌터증을 발급해 준다고 하니 그때 헌터 양성소에 찾아오면 된다고 했다. 이 사실은 빠르게 언론에도 알려졌다. 5년 만에 상급 헌터가 탄생했다는 속보이다.

재현의 얼굴이나 인적 사항은 방송을 타지 않았지만, 이 사실을 가족과 윤정 그리고 현주에게 미리 연락을 했다.

가족들은 말도 안 되는 소리 하지 말라고 했지만, 나중에 헌터증을 보여주면 될 일이다. 헌터증은 위조를 하려고 해도 절대 위조할 수 없기 때문이다. 게다가 기쁜 소식은 하나 더 있었다.

"오빠, 나도 합격했어!"

윤정은 당당히 헌터 전문의가 되었다. 가지고 있지 않은 능력을 그녀의 재능으로 모두 커버한 것이다.

이는 언론에 크게·보도되지 않았지만, 그래도 놀라운 일이기도 했다.

"제가 제자를 잘 두었군요. 심사를 한 번 봐서 바로 합격하다니. 최소 1~2년은 걸릴 것이라고 예상했는데."

이제 재현도 상위 1% 안에 드는 헌터가 되었다.

능력을 높게 평가해 주는 헌터. 그가 헌터로 지낸 기간을 생각하면 말도 안 되는 속도이기도 했다.

"게다가 여자 친구분은 무능력자임에도 당당히 합격. 제자님의 여자 친구라는 것 때문인지 제가 다 자랑스러워지는군요."

자신이 제자를 잘 뒀다며 스스로 만족해하는 현주. 그녀는 소식을 듣기 무섭게 즉시 재현의 집으로 달려왔다. 그는 현주를 보며 하하 웃었다.

"그나저나 스승님. 파티를 할 생각인데 어떻게 생각하세요?"

여러 사람을 불러서 같이 자축할 생각이다. 재현과 윤정의 합격. 기쁜 일이 같은 날에 일어났다.

"나쁘지 않죠. 제자님이 평소 수련하던 곳에서 파티를 하는 건 어떨까요?"

"거기서 해도 괜찮나요?"

평소 수련하던 곳은 현주의 사유지이다. 본인이 하자고 했으니 상관없지만 그래도 실례가 되지 않을까 싶었다.

"거기가 바비큐를 구워 먹기 딱 좋은 곳입니다. 새벽 내내 시끌벅적하게 놀아도 남들의 눈치를 보지 않아도 되고요. 아, 물론 제 남편과 아이들도 같이 가도 되겠죠?"

"예, 물론이죠."

"그럼 제자님과 제자님 여자 친구분도 사람들을 부르세요. 원래 파티란 사람이 많을수록 좋은 법이니까요."

몇 명이 오든 상관없다. 그녀의 사유지는 보통 넓은 게
아니기 때문이다.

"그럼 제 남편에게 준비해 달라고 하겠습니다."

"아, 음식은 제가 사 갈게요."

장소 제공은 현주, 파티를 주도하는 것은 재현이다. 음
식까지 마련해 달라고 하는 것은 재현이 미안한 일이다.

현주도 그의 생각을 읽었는지 미소를 지으며 고개를 끄
덕였다. 오늘 저녁은 정말 즐거운 파티가 될 것 같았다.

Chapter 06
남규식

상급 헌터가 되면서 재현은 다시 헌터 양성소를 찾았다.
헌터증을 발급받기 위함이다.

　이름: 박재현　　　성별: 남
　나이: 28　　등급: 상급 헌터
　헌터 등록 번호: 035-96911477
　－위 인물은 헌터 등록 심사를 통과하였으며 몬스터
출현 지역을 출입할 수 있는 권한을 부여했습니다. 군·
경 관계자는 본 헌터의 요청 시 아낌없는 지원 바랍니다.

재현은 자신의 헌터증을 보고 환호했다. 설마 꿈에 그리던 상급 헌터가 될 줄이야! 새로 발급받은 헌터증을 몇 번이나 봐도 질리지가 않았다.

"이야, 나도 엄청 출세했네."

낙하산 인사처럼 계속 출세하니 재현은 기쁨을 주체할 수 없었다. 이제 정식으로 B급 몬스터들이 서식하는 곳으로 들어갈 수 있게 되었다.

대한민국에서 500명 정도밖에 없다고 알려진 상급 헌터!

그중 한 명이 자신이라니. 믿기지 않았다. 하지만 그는 자신의 나이를 보고 시무룩한 표정을 지었다.

'내일모레면 나도 서른이라니!'

헌터증에는 왜 나이가 나오는 것이란 말인가! 재현의 한숨을 길어질 수밖에 없었다.

20대 중반이 넘어서는 일 년이 크게 느껴지긴 했는데, 지금 보니 그 격차가 너무 심했기 때문이다.

20대와 30대는 어감이나 느낌이 확 달라졌다.

'그래도 장래를 걱정하지 않아도 된다는 것은 위안이 되긴 하지만……'

헌터가 되지 않았더라면 아직도 아르바이트를 하거나, 취직을 했다 하더라도 지금처럼 부족함 없이 살지는 못했을 것이리라.

그것을 위안 삼기로 한 재현.

헌터증을 발급받은 그는 헌터 양성소에 온 김에 정우와 유라를 만나기로 했다.

마침 둘 다 일이 없는 터라 시간적으로 여유로워 재현을 만날 시간이 충분했다.

"상급 헌터가 되었다고 얼굴이 활짝 펴졌구나?"

유라는 재현이 당당히 상급 헌터에 합격한 것을 알고 있는 덕분에 만나자마자 그런 소리를 했다. 재현은 기분 그대로 표정에 드러내 놓고 있었다.

징그럽다는 듯 거리를 벌리고 있는 유라. 정령들도 일정 거리를 벌리고 있는 것이 결코 우연은 아닐 것이다.

유라를 싫어하는 운다인도 지금 만큼은 재현을 피해 그녀의 뒤에 숨어 있었다.

"아주 좋은가 보군. 그 기분 이해하긴 한다만."

때마침 정우도 왔다. 정우는 재현의 얼굴을 봐도 아무렇지 않다는 듯 의자를 끌어다 맞은편에 앉았다.

"언론에서도 아주 난리가 났더군. 5년 만에 상급 헌터가 탄생했으니 대충 예상하긴 했지만."

자신이 생각한 것 이상으로 인터넷에서도 난리가 난 덕분에 솔직히 놀라지 않았다면 거짓말이었다.

헌터라는 직업이 편한 것이, 개인 정보가 유출될 일이 적다는 것이다. 국가 정보기관이 헌터의 개인정보에 락을 걸어 놓기 때문이다.

별것 아니지만 누군지 알고 싶다는 호기심에 그의 정보를 캐려는 사람들이 꽤 많았다. 그러나 재현은 인터넷을 활발하게 이용하는 편이 아니다. 블로그를 운영한 적도 없고, 자신의 개인 정보를 풀어 본 적도 없었다.

그 덕분에 그의 정보를 찾으려고 해도 찾기 쉽지 않았다.

어지간한 헌터들은 아무리 국가가 관리한다 하더라도 금방 정체가 탄로가 난다. 허나 재현의 경우 활동을 잘 하지 않기 때문에 오프라인에서 아는 사람들만 알고 있다.

"어쨌든 상급 헌터가 된 것을 축하하네. 정말이지…… 믿기지 않을 정도로 빠른 성장이로군."

상급 헌터가 되기까지 10년의 노력이 필요한 것이 보통이다. 10년을 노력했다 하더라도 되는 이가 적었다.

최근에는 가상 프로그램을 이용하는 덕분에 더욱 정확히 그 자질을 파악할 수 있었다.

가상 프로그램이 나오기 전에는 실제 B급 몬스터와 싸워야 했기 때문에 심사 도중 죽는 사람이 속출하기도 했다.

지금은 그런 위험이 없어졌지만 재현이 수습 헌터였을 당시만 하더라도 상급 헌터 심사에서 죽는 사람이 심심찮게 나왔다.

"그나저나 재현 군은 킵보이를 업데이트를 한 적이 있나?"

"아뇨. 전혀요."

아프리카 원정을 다녀오고 다크니아스와 계약을 하겠다고 수련을, 게다가 상급 헌터가 되기 위해 현주와 일대일로 교육을 받은 탓에 뭔가에 신경 쓸 시간도 적었다.

당연한 얘기지만 킵보이를 사용하는 와중 불편한 점이 없었기 때문에 업데이트를 한 적이 없었다.

"꽤 많이 바뀌었지. 새로운 종류의 몬스터의 정보가 업데이트되고, 몬스터와 관련된 것 말고도 매직 아이템의 정보까지 볼 수 있게 되었지."

"매직 아이템까지요?"

"그래."

헌터 상점에서 매직 아이템의 가격을 과장시키고, 헌터들끼리 매직 아이템을 교환하면서 사기를 당하는 덕분에 만들어진 기능이라고 한다.

꽤나 유용해서 많은 헌터들이 이용하고 있었다. 덕분에 사기를 치는 사람들이 많이 줄어들었다고 한다.

"업데이트 비용이 따로 들어가지만, 꽤 유용할 거네. 카운터에 가서 하면 몇 분 만에 되니 해 달라고 하게."

지금까지 딱히 불편한 점은 없었지만 그래도 여러 가지 기능이 생긴다는 것은 좋은 일이 분명하다.

재현은 고개를 끄덕이면서 대화가 끝나는 대로 킵보이를 업데이트하기로 했다.

"그나저나 재현 군은 지금까지 거의 파티를 이룬 적이 없었지?"

"예."

혼자서 사냥을 해도 거의 부족함이 없던 덕분에 파티를 이루기보다 혼자 다니는 일이 많았다.

그나마 파티를 맺어 본 것도 유라와 아영 그리고 일루전 컴퍼니의 민간 헌터인 조환성, 아일린, 사토가 전부였다.

2년간 헌터계에 몸을 담근 것치고는 파티를 하는 기간도 그리 길지 않았다.

"지금까지는 다수의 정령과 계약한 덕분에 불편함이 없었겠지만, 이제는 정말 조심해야 되네. B급 몬스터는 무조건이라고 해도 좋을 만큼 속성 공격에 대한 저항과 면역이 붙으니 말이야."

거기다 주로 대형 몬스터들이기 때문에 그 힘도 어마어마하다고 한다.

'겪어 봐서 알고 있긴 하지만.'

B급 몬스터라면 지금까지 총 세 마리를 잡아 보았다.

자이언트 크라켄, 오크 로드, 포이즌 킬러 앤트 퀸. 전부 보스급 몬스터라는 것이 함정이지만. 결코 쉽지 않았다.

보스급 몬스터들이 일반 몬스터들보다 강한 것이 정설이다.

'그래도 이제는 B급 몬스터 위주로 잡아야 하니까……'

분명 지금보다 훨씬 어려운 사냥이 될 것이다. 혼자서 싸우기에는 확실히 부담이 갈 등급을 사냥해야 하는 것이다.

그것도 상황에 따라서는 한 마리가 아니라 여러 마리와 싸워야 한다.

C급 몬스터들이야 지금은 쉬운 상대지만, 처음으로 사냥할 때는 재현도 꽤 애를 먹었다.

거기다 이제는 속성 공격에 저항을 가지고 있는 녀석들이 다수 있다. 정말 어렵겠다고 생각했다.

"뭐…… 사냥하러 갔을 때 만난 사람들과 파티를 맺어도 되겠죠."

"나쁘지 않은 방법이지. 대부분이 이미 일행이 있겠지만."

상급 헌터들은 대부분 동료가 있다. 이유라고 한다면 같이 사냥하는 사람들끼리 오랫동안 파티를 하기 때문이다.

'이렇게 보니 난 참 인맥이 좁구나.'

지금까지 딱히 어려운 점이 없었는데 이제는 마음가짐부터 달라졌다.

헌터 등급이 올라가면 그만큼 강한 몬스터와 싸워야 하고, 부담감은 커질 수밖에 없었다.

*   *   *

정우와 유라를 만나 잠깐 이야기를 한 후, 킵보이까지 새로 업데이트한 재현.

기기는 달라지지 않았지만 여러 가지 기능이 추가되었다. 이제 버튼을 누르지 않고도 자신이 원하는 정보를 얻을 수 있었다.

네비게이션 기능도 추가되고, 자신이 원하는 등급의 몬스터가 있는 곳까지 알 수 있었다. 여러 가지로 편리해졌다.

재현은 헌터 양성소에서 나오자마자 바로 사냥에 돌입하기로 했다. 그가 찾은 곳은 B급 몬스터들이 있는 몬스터 출몰 지역이다.

[주의! 중·대형 몬스터(B급) 출몰 지역. 상급 헌터 외
에 출입을 금합니다.

　　출입 조건: 상급 헌터 최소 세 명 이상의 파티 필요.]

　B급 몬스터 출몰 지역에 오니 표지판이 떡하니 붙어 있
다.

　다시 되돌아 갈까란 생각이 들 정도로 무시무시한 분위
기를 연출했다. 주위에는 철조망이 길게 뻗어 있었다.

　그만큼 B급 몬스터는 사람들에게 공포의 대상으로 인식
되고 있다는 얘기일 것이다.

　'C급 몬스터도 대단하다고 생각되지만…….'

　상급 헌터가 잡을 수 있는 몬스터는 B~A급 몬스터까
지. A급 몬스터 출현 구역은 출입에 제한이 많이 따랐다.
상급 헌터라도 최소 다섯 명으로 파티를 이루지 않으면 절
대 들어갈 수 없는 곳으로 알려져 있다.

　'B급은 최소 세 명이라…….'

　그만큼 위험 부담이 크기 때문일 것이다. B급 몬스터를
잡으러 왔는데 결국 들어갈 수 없는 상황이 되어 버렸다.

　입구 앞에서 오도카니 서 있으니 어색하기 그지없다. 기
껏 트럭을 끌고 왔는데 들어갈 수 없으니 한숨이 나왔다.

　입구에는 재현 말고도 상급 헌터로 보이는 자들이 다수

있었다. 그들은 서로 일행인 듯 웃고 떠들다가 출입을 했다.

정령들을 이용해 혼자 들어가 볼까 생각했지만, 입구에서부터 조사가 시작되었다.

인원이 몇 명이든 일단 헌터증을 찍어 확인 작업을 하기 때문에 속이기도 쉽지 않다.

다크 게이트를 열어 몰래 들어갈까 생각했지만 CCTV가 있다. 또한 이중으로 된 철조망에는 지뢰도 다수 있다.

B급 몬스터들이 밖으로 나오지 못하도록 한 조치인데, 잘못 건드렸다간 지뢰를 밟을 수 있었다.

일단 말이나 붙여서 파티를 만들까 생각하며 자리에서 일어난 재현. 재현과는 나이 차이가 꽤 되어 보이는 중년 남성 헌터들이 보였다.

"저기…… 실례합니다."

이야기를 나누고 있는 그들에게 조심스럽게 다가가는 재현. 그들의 시선이 동시에 재현에게로 향했다.

"혹시 일행이 더 있으신가요?"

"예, 더 있습니다."

"그렇습니까?"

조금 아쉽다는 듯 말하면서도 재현은 혹시나 해서 물어보았다.

"혹시 저도 일행으로 넣어 주실 수 있으신지요?"

세 명 이상이면 몇 명이든 출입할 수 있다. 그가 물어보는 것을 보고 서로 상의하는가 싶더니 대뜸 물어보았다.

"혹시 상급 헌터입니까?"

"예, 상급 헌터입니다."

그들은 재현이 너무 소심하게 나오는 것 같다는 생각을 했다.

상급 헌터치고 너무 이제 갓 헌터가 된 것처럼 소심하게 다가왔기 때문이다.

상급 헌터들은 경험이 많기 때문에 파티를 맺는 것에도 추진력이 대단했다. 처음 보는 사람들끼리 파티를 맺는 것은 일상적인 일.

하지만 그는 아무리 봐도 상급 헌터 사이에서 한탕 하려고 온 초급 헌터로밖에 보이지 않았다.

초급 헌터라도 C급이나 B급 몬스터 출몰 지역에 들어갈 수 있는 방법이 딱 한 가지 있었다.

몰래 들어가거나, 높은 등급의 헌터들과 함께 출입하는 것이다.

"너무 어리신데…… 저희는 짐꾼이 더 이상 필요 없습니다."

등급이 낮은 헌터들은 대부분 짐꾼으로 활용하고는 한다.

재현도 높은 등급의 헌터가 낮은 등급의 헌터를 짐꾼으로 활용한다는 그 얘기는 들었다. 그러나 재현은 짐꾼이 되거나, 짐꾼을 데리고 다닌 적이 없었다.

　자신의 등급에 맞는 몬스터들을 사냥하며 트럭을 이용해 짐을 날랐기 때문이다.

　재현은 그들의 입장에서는 그럴 수도 있다고 생각했다. 상급 헌터의 대다수는 40대 이상의 헌터들이다.

　생존의 시대에서 활약했던 헌터들인 만큼 나이가 꽤 차이가 날 수밖에 없었다.

　"여기 헌터증 있습니다."

　재현은 헌터증을 꺼내 그들에게 건넸다. 자신이 상급 헌터라는 것을 믿게 하려는 방법은 헌터증을 보여 주는 것이다.

　그들은 재현의 헌터증을 받아 들고 이리저리 확인했다. 혹시 위조한 것이 아닌지 확인하려는 것이다.

　위조 기술이 아무리 뛰어나다 하더라도 여러 가지 기술이 복합적으로 작용된 헌터증이다. 위조를 한 것이면 금방 들통이 난다. 설사 정말 완벽하게 위조했다 하더라도 출입할 때 확인하면 금방 나온다.

　"일단 위조한 것은 아닌 것처럼 보이는데…… 처음 보는 얼굴인데 혹시 이번에 처음 승급한 헌터인가요?"

"예. 몇 주 전에 됐습니다."

"오호. 5년 만에 탄생한 그 헌터였군요. 나이가 어린 사람이 상급 헌터가 되었다는 소문은 들었지만 20대일 줄이야. 30대 초반 정도일 줄 알았습니다. 한창 좋을 나이로군요."

전 세계적으로 따져도 어린 나이에 들어간 것이기도 했다. 상급 헌터들 대부분은 40대에서 50대가 대부분이다. 어린 나이에 상급 헌터가 된다 해도 30대 중후반이면 빠른 것이었다.

그들도 어린 나이에 상급 헌터가 된 재현을 보고 호기심이 들었는지 그에게서 시선을 떼지 않았다.

"혹시 길드가 있습니까?"

"아뇨, 길드에 소속되지 않았습니다."

"그렇군요."

그러더니 서로를 바라보는 그들. 눈으로 뭔가 대화가 오간 것처럼 보였다. 그것이 너무 수상쩍게 여겨졌다.

"능력은 무엇입니까? 초능력? 마법?"

"정령을 다루고 있습니다."

"오호, 정령사! 어떤 정령을 주로 쓰는지요?"

"물의 정령과 번개의 정령입니다."

수상쩍게 느껴지지 않았다면 다 말했겠지만 의심하는

이상 일단 다른 정령들은 숨기기로 했다.

그들을 신용할 수 있는지 없는지 이전에 자신의 밑천을 전부 보이기는 싫었다.

'게다가 딱 봐도 길드 소속인 것 같은데.'

그들의 가슴에는 배지가 달려 있다. 해골의 모양인데, 그 주위로 이글이글 불이 타오르고 있다.

길드를 가리키는 배지인데, 누가 만들었는지 몰라도 악취미 같았다.

어쨌거나 길드 소속에 있는 헌터들에게 자신의 힘을 되도록 다 보이지 말라는 현주의 말이 있었다.

이유는 간단하다. 어떻게든 길드에 영입하려고 귀찮게 하기 때문이다. 특히 재현의 경우 다섯 명의 정령과 계약한 덕분에 어지간한 길드들이 탐낼 만한 인재라고 한다.

정령사들 중 이렇게 많은 정령과 계약한 이는 전 세계적으로 재현 한 명뿐이기 때문이다. 희귀하기도 하고, 다양한 속성과 계약한 덕분에 천적도 드물다.

그들은 고개를 끄덕이더니 재현을 위에서부터 아래를 꼼꼼히 살펴보았다.

[너를 재는 기분이 들어.]

'내가 봐도 그래.'

특히나 소환하지 않은 정령들이 그렇게 말하면 경각심

을 가질 필요도 있었다.

텔레파시를 보낸 것은 다크니아스. 다크니아스는 특히 부정적인 감정에 많이 예민한 정령이다.

[다크니아스의 말대로 저도 많이 켕겨요. 말로 형용하기 힘들지만 탐탁지 않아요.]

[나와 노임…… 그리고 다크니아스를 말하지 않은 건 잘한 일이야…….]

정령들도 텔레파시로 일단 조심하는 게 좋을 거란 말을 하고 있었다.

특히 B급 몬스터를 처음 잡아 보고, 파티도 잘 맺어 본 적 없는 재현의 입장에서는 조심성이 많이 요구되었다.

어수룩한 말로는 속지 않겠지만, 그래도 조심할 필요성은 있는 것이다.

"잠시 상의 좀 하겠습니다."

그들은 어느 정도 거리를 벌린 채 서로 속닥속닥 대화를 나누었다. 거리를 좀 벌린 덕분에 재현의 귀에 들리지 않았다.

'확실히 수상하긴 하지?'

[엄청 많이. 왜 굳이 저렇게 상의하는지도 모르겠고. 거절이면 거절이고, 승낙이면 승낙일 텐데.]

파티를 맺기 위한 방법도 마찬가지다. 굳이 저렇게 조심스럽게 대화할 필요는 없었다. 자신들이 싫으면 거절 의사를 나타내면 그만이다.

끈질기게 해 달라고 하는 것도 아니니 거절하면 어련히 알았다고 한 뒤 물러날 것이다.

'상급 헌터가 많지 않은 건 이럴 때 많이 불리하군.'

다른 사람을 구하기는 힘들다. 상급 헌터들은 대부분 일행들과 함께 돌아다니기 때문이다.

'스승님이 또 상급 헌터 중 질 나쁜 이도 상당수 있으니 조심하라고 했지?'

지금은 그들이 딱히 꿍꿍이가 보이지 않았지만, 만일 나중에 뒤통수를 칠 생각이면 가만히 있지 않을 것이다.

전력을 다해 쓴맛을 보여 줄 것이다.

현주는 이번에 시베리아에 몬스터 준동의 징후가 보인다고 하여 파견을 갔다. 마스터 헌터는 해외에 가는 일이 잦았다.

그들은 서로 잠깐 대화를 하더니 곧 재현에게 다가와 미소를 지으며 손을 내밀었다.

"좋습니다. 같이 하도록 하지요. 저는 김주일이라고 합니다."

"전 조혁우입니다."

방금 전과 달리 수상할 만큼 사근사근한 태도다. 확실히 다른 태도에 재현은 의심하면서도 일단 손을 맞잡았다.

"박재현이라고 합니다."

"일행은 세 명이 올 겁니다. 그때까지 잠시 시간을 좀 보내기로 하지요."

재현은 고개를 끄덕이면서 그들의 곁에 앉았다.

그들의 사근사근한 태도에도 일단 경계심을 갖기로 하면서 만일에 대비하여 정령들과 텔레파시를 계속 유지하면서 작전을 짜기 시작했다.

*　　*　　*

약 10분 정도 지나자 일행이 더 왔다. 그러나 세 명이 오기로 한 일행은 두 명만 오게 되었다.

김주일과 조혁우와 함께 사냥하기로 한 헌터가 갑자기 못 가게 되었다면서 연락을 해 왔기 때문이다.

그래도 재현이 온 덕분에 그들은 몬스터 출몰 지역에 들어갈 수 있게 되었다. 일단 일행이 모두 모이자 재현은 나중에 합류한 그들의 일행과 인사를 했다.

"반갑습니다, 조영웅이라고 합니다. 텔레포트 능력자입니다. 중급 헌터입니다."

"반갑습니다. 남규식이라고 합니다! 힘은 자신 있으니

짐은 제게 맡겨 주십시오! 변신 능력자이며 중급 헌터입니…… 어라?"

재현은 입을 벌리며 규식을 바라보았다. 규식도 재현을 의아한 듯 바라보고 있었다. 재현과 규식은 서로 구면이었다.

설악산 몬스터 준동 당시 트윈 헤드 오우거가 공격할 때 그가 재현을 구해 준 적이 있었다.

"우와, 오랜만이네요."

"예, 정말 오랜만이네요."

오랜만에 보니 반가웠다. 재현도 반갑게 인사했다.

"서로 아는 사이입니까?"

김주일이 물어보자, 재현과 규식이 서로 고개를 끄덕였다. 재현은 그를 바라보며 머리를 긁적였다.

"여긴 어쩐 일로 오셨어요?"

규식의 질문에 재현이 머쓱한 표정으로 답해 주었다.

"B급 몬스터를 사냥하러 왔죠."

"사냥을 하러 왔다고요? 저처럼 짐꾼 역할이 아니라?"

초급 헌터 때 보았던 규식. 당시와 마찬가지로 그는 여전히 중급 헌터였다. 하지만 재현은 규식보다 한 단계 높은 상급 헌터가 되어 만나게 되었다.

그는 뺨을 긁적였다.

"저 얼마 전에 상급 헌터 됐어요."

"우와, 벌써 상급 헌터라니. 대단하네요! 뉴스에서 봤던 새로 탄생한 상급 헌터가 재현 씨였군요? 예전과 비교가 되지 않을 만큼 강해지셨겠네요. 아, 늦었지만 축하드려요."

규식은 하하하 웃으며 그를 축하해 주었다.

'내가 조금 더 높아졌다고 거리를 벌리거나 할 줄 알았는데 예전처럼 대하네.'

그냥 사람 그대로를 바라보는 모양인지 규식은 전처럼 친하게 지내려고 하고 있다. 사교성이 좋은 것은 여전한 모양이었다.

'짐꾼이 더 이상 필요 없다고 한 이유가 이미 있었기 때문인 모양이군.'

짐꾼이 무려 두 명. 재현은 불편하다는 표정을 지었다.

아예 모르는 사람들이라면 돈이 궁해서 짐꾼을 했겠거니 생각했겠지만, 구면인 사람을 보니 기분이 좋지는 않았다.

"그런데…… 왜 짐꾼을 하고 계세요?"

"한 달 전 사냥을 갔다가 다쳐서요. 능력 특성상 근접전을 벌일 수밖에 없는데, 치료비가 더 나오는 실정이죠. 저축해 둔 돈은 꽤 되지만, 생활비는 벌어야 할 테니 별수 없이 짐꾼 역할을 하게 된 거예요."

헌터가 짐꾼이 되면 기분이 썩 좋지 않을 것 같은데, 규식은 딱히 별로 신경 쓰는 기색이 없었다.

짐꾼이라고 꼭 나쁜 것은 아니다. 더 높은 단계의 헌터들이 사냥하는 모습을 보고 배울 점도 있고, 써먹을 곳이 반드시 있기 때문이다.

또 본의 아니게 깨달음을 얻는 경우도 있고, 여러 가지 팁도 얻을 수 있다고 한다.

상급 헌터들에게는 작은 정보라도, 중급 헌터들에게는 큰 정보가 될 수 있는 법.

일부러 조금이라도 정보를 얻기 위해 짐꾼을 자처하는 자들도 꽤 된다고 한다.

"그럼 일단 이번에 사냥할 몬스터부터 알려 주겠다."

"자, 이제 잡담 금지!"

인원도 모였고 하니 김주일과 조혁우가 잡담은 여기까지라는 듯 중간에 끼어들었다.

재현과 반대로 하대하는 그들. 헌터계에서는 등급이 자신보다 낮으면 무시하는 경향이 있었다. 그것이 썩 보기에 좋은 것은 아니었다.

'아무리 짐꾼으로 왔다고 하지만 초면에 반말이라니. 너무하잖아. 하다못해 반말하겠다고 먼저 말하던가.'

아무리 한 번 보고 말 사이라지만 너무한 게 아닌가 싶다. 나이가 많다고 하더라도 지킬 건 지켜야 한다는 것이 재현의 생각이다.

자신은 나이를 먹더라도 저런 사람은 되지 말자고 생각했다.

"이번에 우리가 사냥할 몬스터는 아브록이라는 몬스터다. 우리의 방식은 매우 간단하다. 상급 헌터인 우리가 사냥을 한다. 사냥을 끝내는 대로 너희들은 몬스터를 해체하고 가방에 담는다."

"통째로 안 들고 가나요?"

영웅이 손을 들고 질문했다. 몬스터를 통째로 가져가는 것이 돈이 되기 때문에 당연하다면 당연한 질문이다.

그러나 주일은 귀찮다는 듯 그를 노려보며 대답했다.

"돈이 될 것들만 챙긴다. 아브록은 통째로 들고 갈 여유도 없고, 무겁기만 하니까."

"차라리 여러 개를 나누어서 들고 가는 것보다 통째로 하나를 챙기는 게 돈이 더……."

김주일이 그를 찌릿 노려보았다. 영웅은 그의 눈빛을 보고 자신도 모르게 몇 발자국 뒤로 물러났다.

"다시 한 번 말하지만 수정체와 가죽, 발톱 위주로 챙겨라. 알겠지?"

"······예."

"그럼 가자."

이의는 받지 않겠다는 듯 딱 말을 끊으며 주일이 앞장을
섰다.

헌터증을 찍어 신분을 확인하고서야 안으로 들어갈 수
있었다. 다섯 명은 아브록이라는 몬스터를 찾아 이동하기
시작했다.

＊ ＊ ＊

약 두 시간을 걸었지만 몬스터는 코빼기도 보이지 않았
다.

흔적도 보이지 않고, 설사 찾았다 하더라도 이미 다른
파티에서 사냥을 했는지 핏자국만 흥건히 있을 뿐이었다.

두 시간을 걸어도 아무런 수확이 없자 그들은 바위에 걸
터앉았다.

"아구구."

"힘들구만."

김주일과 조혁우도 계속 산을 오르니 힘들었는지 앓는
소리를 냈다. 재현도 힘이 들긴 하지만 그들처럼 앓는 소
리를 낼 정도로 힘에 부치지 않았다.

"역시 젊어서 그런 건가. 자네는 안 힘든가?"

김주일은 어느새 재현에게도 반말을 하게 되는 경지까지 왔다. 어차피 오늘 하루 보고 안 볼 거 괜히 불화는 일으키지 말자고 생각하며 일단 답해 주기로 했다.

"힘들긴 하지만 많이 힘들지는 않네요."

"젊은 게 좋긴 하구만."

마치 말하는 것은 7~80대 노인의 말투나 다름이 없었다.

사실 재현이 그들보다 덜 힘든 것에는 체력이 좋은 것도 있었지만, 들고 다니는 짐이 그들보다 훨씬 가벼웠기 때문이다.

겉으로 보기에는 방어구가 그들보다 무거워 보일지 몰라도, 사실 인공적으로 만든 정령석을 박아 가벼우면서도 튼튼했다. 또 그는 총이라거나 무기가 일체 없었다.

"그런데 너는 왜 그리 앓는 소리를 내나?"

김주일의 시선은 재현에게서 벗어나 규식에게로 향했다. 규식은 어깨를 계속 매만지고 있었다.

"어깨가 아파서요."

"쯧쯧. 텅 빈 배낭을 메고 다녔으면서 어깨가 아프다니. 엄살도 적당히 부려야지. 그렇게 하다가 돈 못 받으니까 열심히 해."

오래전이라 깜빡 잊었는데, 규식은 오래전부터 어깨 부상이 있었다. 현재 규식은 그것 때문에 아픔을 호소하고 있는 것이다.

규식은 인상을 찌푸리면서 고개를 돌렸다. 어차피 말해 봤자 알아들을 것 같지도 않았기 때문일지도 모른다.

'내가 더러워서!'

규식이 속으로 지금이라도 일을 그만둘까 말까 속으로 고민한다. 이런 취급을 받으려고 짐꾼이 된 것은 아니다.

그도 중급 몬스터들을 사냥할 만큼 강한 헌터다. 그들에 비하면 한참 약할지도 모르지만 나름대로 괜찮은 실력자이기도 했다.

그때 재현이 그에게 왔다.

"저한테 주세요. 제가 짊어질게요."

어차피 힘이라면 재현도 자신이 있었다. 차를 사기 전에는 재현도 큰 배낭을 짊어지고 산을 오르고, 몬스터를 나르는 일을 많이 했기에 거부감이 없었다.

거기다 굳이 아픈 사람에게 이런 일을 맡기고 싶지 않기도 했다.

"아뇨, 제가 할게요."

규식은 한사코 거절하며 자신이 짊어지겠다고 한다.

"옳은 생각이야. 중급 헌터가 상급 헌터에게 짐을 주는

게 가당키나 해? 애초에 짐꾼으로 왔으면 그 역할에 충실
해야지."

조혁우가 씩 웃으며 재현의 어깨에 팔을 두른다. 그러더
니 한 곳을 손가락으로 가리켰다. 둘이서 잠깐 얘기하자는
것처럼 들렸다.

얘기를 들어 보자고 생각하며 재현은 일단 그와 함께 이
동했다. 그리 멀리 떨어지지 않은 곳에 선 조혁우와 재현.

거리가 떨어지기 무섭게 조혁우가 그에게 말했다.

"중급 헌터들과 어울리지 마시지요."

"예?"

"어차피 짐꾼이니까요. 너무 풀어 주면 기어오르려고 합
니다. 당연한 대우라고 생각하지요. 가끔씩 맞먹으려는 녀
석들도 있습니다."

재현의 얼굴에 황당함이 깃들었다. 자신들보다 등급이
낮다고 사람을 얕잡아 보다니. 뭐 이런 사람이 다 있나 싶
었다.

다행히 조혁우가 그를 바라보지 않은 덕분에 그의 표정
을 보지 못했다.

재현은 억지로 웃으며 답했다.

"천성이 원래 이렇습니다."

"친하더라도 때로는 일에 관련해서는 서열을 가릴 필요

가 있습니다."

'나이를 똥구멍으로 처먹었나. 뭐, 이딴 사람들이 다 있어?'

여기가 군대도 아니고, 평시에는 아무리 높은 헌터라도 하급 헌터에게조차 명령할 권한도 없는데 서열을 나누라니. 황당하기 그지없는 생각이다.

헌터는 프리랜서와 같은 존재다.

자신보다 등급이 높다고 명령할 수 있는 것은 유사시 일어나는 상황들에만 해당한다.

자신이 등급이 더 높다고 자랑하고 거들먹거리는 것은 사람의 천성이려니 할 수 있지만, 하급자를 이렇게 대놓고 무시하는 건 이해하기 힘들었다.

"제 성격상 그건 무리일 거라 봅니다. 그리고 유사시 상황도 아닌데 굳이 서열을 가릴 필요가 있습니까?"

"상급 헌터가 된 지 얼마 되지 않아 모르는 것 같습니다. 나중에 제가 이리 말한 이유를 알게 될 테니 새겨들으시지요."

"생각은 해 보겠지만 그럴 일은 없을 것 같군요. 그 말은 안 들은 걸로 하겠습니다."

재현은 한 귀로 흘려들었다. 들을 가치도 없는 말이다. 뒤에서 조혁우의 따끔한 시선이 느껴졌지만 모르는 척 무시해 주었다.

＊　　　＊　　　＊

한편 규식은 그들의 말을 전부 듣고 있었다. 듣고 싶어서 들은 것이 아니다.

멀리서 접근하는 몬스터들을 포착하기 위해 귀만 동물의 귀로 만들어 청력을 발달시켰기 때문이다.

그가 맡은 역할은 짐꾼임과 동시에 몬스터들의 움직임을 조기에 파악하는 것이다.

그는 킵보이보다 더 넓은 반경으로 청력을 집중하면 몬스터들을 더 빨리 찾을 수 있다.

의도한 것은 아니지만, 그 덕분에 규식은 재현과 조혁우가 하는 얘기를 들을 수 있었다.

'이번에 재수 없는 상급 헌터들을 만났다고 생각했는데, 콧대가 보통 높은 사람이 아니었군.'

조혁우의 말을 들어보면 가관이다. 뭐 저런 사람이 다 있나 싶을 정도로 중급 헌터에 대한 인식이 안 좋았다.

자기도 과거에는 중급 헌터였던 적이 있었으면서 중급 헌터를 무시하다니. 어떻게 생각해도 규식의 입장에서는 그것을 이해할 수 없는 일이었다.

물론 상급 헌터 전원이 조혁우나 김주일처럼 행동하는 것은 아니다.

국가적으로도 엘리트 취급을 받고 있으니 콧대가 높은 것과 거들먹거리는 정도는 어느 정도 이해할 수 있다.

전 세계적으로 어떤 나라에서든 상급 헌터는 귀한 인재로 손꼽히며 대우도 확실하게 해 준다.

뒤에서 중급 헌터가 생존의 시대 때보다 많이 편해졌느니 어땠느니 말하는 건 의도치 않게 들은 적이 있지만, 이렇게 대놓고 중급 헌터를 무시하는 사람은 난생처음 봤다.

다른 의미로 규식은 조혁우에게 감탄했다. 지금 이곳에 있는 김주일이란 사람도 마찬가지일 것이다.

원래 사람은 끼리끼리 노는 법이니까.

'생각은 해 보겠지만 그럴 일은 없을 것 같군요. 그 말은 안 들은 걸로 하겠습니다.'

재현이 딱 잘라 거절하는 것이 들려왔다.

그의 어투를 보았을 때 확실히 조혁우나 김주일과 같은 과는 아니라는 것을 느꼈기 때문이다.

'거기다 예전에는 치료수를 막 줬지?'

작은 상처부터 큰 상처까지. 그는 상황에 필요한 것들은 죄다 주었다. 그것이 치료수라면 치료수를 거리낌 없이 주었다.

자신의 힘을 사용해 남을 돕는 것조차 꺼리는 사람이 많은데, 그는 오히려 대량으로 만들어 사람들에게 나누어 주는 일이 비일비재했다.

　그것을 처음 보았을 때 얼마나 놀랐던가. 포션보다 비싼 값을 하는 치료수를 선뜻 만들어 건네주는 것은 누가 봐도 쉽게 할 수 있는 일이 아니었다.

　'예전에 며칠 본 거지만 그때 그 사람은 어딜 가지 않았군.'

　규식이 입실했을 때 그와 얘기하면서 느낀 거지만, 재현은 사람들을 끌어당기는 매력이 있었다.

　그것이 왜인지 당시에는 몰랐는데, 지금은 알 것 같았다. 꾸밈없이 사람을 생각하는 인성이었다.

＊　　　＊　　　＊

　결국 오늘은 몬스터를 구경해 보지 못했다.

　자신 있게 앞장을 섰던 김주일과 조혁우는 허탕을 치자 괜히 투덜거리며 밖으로 나왔다.

　해가 저물면 몬스터가 더욱 흉포해지고, 위험해지기 때문에 급히 나와야 했다.

　사냥을 하러 갔다가 허탕을 치는 일은 헌터라면 한 번쯤 있는 경험이다. 재현의 경우에도 한두 번 정도 경험이 있었다.

특히 B급 이상의 몬스터들은 다른 몬스터들에 비해 그 개체 수도 적었다.

만일 B급 몬스터가 다른 몬스터들처럼 넘쳐났다면 이 세계는 인류가 발 디딜 곳이 없어졌을 것이리라.

조금이라도 늦으면 다른 파티에서 먼저 잡아 버린다. 그렇다고 더 깊숙이 들어갔다가 재수 없게 A급 몬스터를 만날 수도 있다.

상급 헌터가 최소 8~10명은 있어야 잡을 수 있는 것이 바로 A급 몬스터다. 그만큼 만만찮은 상대라는 뜻이었다.

"쳇. 자, 여기 일당."

김주일과 조혁우는 규식과 영웅에게 수정체를 주었다. 직접 돈으로 주기보다 수정체로 일당을 주는 개념이었다.

그들은 주기 싫은 눈치지만 허탕을 쳤다 하더라도 일당은 반드시 줘야 하는 것이 규칙이었다.

몬스터를 잡으면 더 많은 돈을 벌었겠지만, 못 잡아도 돈을 벌 수 있으니 결코 손해는 아니었다.

규식은 손해 볼 것이 없었다. 그저 오늘 하루 등산했다가 돈을 벌었다고 생각하면 되는 일이다.

상급 헌터쯤 되면 몇백만 원쯤은 손해라고 할 것도 없지만, 원래 있는 놈이 더한 법.

백만 원도 안 되는 돈을 아까워하는 것을 보고 꼴 좋다며 규식이 생각했다.

"오늘 술을 마실 생각인데 자네도 함께하겠는가?"

김주일은 재현에게 술을 제의했다. 하지만 재현은 고개를 저었다.

"아뇨, 전 집에 가야 되어서요. 집까지 가는 데 두 시간 정도거든요."

퇴근 시간인 것까지 계산하면 더 걸릴 수도 있다. 설사 퇴근 시간과 겹치지 않고, 시간적으로 여유롭다고 해도 그들과 술자리를 함께하고 싶지는 않았다.

"그런가? 혹시 나중에 같이 사냥하고 싶거든 이곳에 또 오면 돼."

"그러도록 하죠."

또 오게 되더라도 너희들하고는 하지 않겠다는 속마음이지만, 굳이 표현하지 않는 재현.

그들은 생각보다 빠르게 수긍하고 둘이서 술을 마시러 갔다.

그들은 규식과 영웅에게 제의를 하지도 않고 그냥 떠났다. 선심 쓰듯 술자리에 같이 가자고 해도 따라가지 않았겠지만 말이다.

"뭐 저런 사람들이 다 있데? 같이 다니는 것도 고역이었네."

재현은 그들이 멀리 떨어져 나가자 그제야 해방됐다는 듯 불만을 토로했다. 옆에서 자꾸 중급 헌터는 상종하지 말라고 세뇌를 시키듯 말하니 귀찮아서 얼른 시간이 지나기를 바랄 정도였다.

오늘 허탕을 친 것도 나름 반가웠다.

몬스터가 나타나기 전에, 만일 몬스터가 나타나면 이렇게 사냥하라, 저렇게 사냥하라 말을 많이 했다.

자기 딴에는 선심 쓰듯이 말했겠지만, 사냥 방법이 천차만별인 헌터에게 자신만의 사냥법을 알려 줘도 별 소용이 없었다.

모두가 따라 할 수 있는 것이면 새겨들었겠지만, 자기 초능력에 맞는 요령만 알려 준다.

재현은 절대 사용하지 못할 텔레키네시스라든지 함정으로 유인하라는 둥. 듣는 내내 고역이었다.

"규식이는 어때?"

규식이 서로 말을 놓자고 했기 때문에 재현은 흔쾌히 승낙했다.

동갑인데 서로 존댓말을 하기보다 반말이 편했기 때문이다. 처음에 말을 놓기가 어려울 뿐이지, 막상 놓으면 금방 거리가 가까워진다.

"나도 마찬가지. 나는 변신 계열 초능력이라서 절대 불가능한 것만 말하네."

어떻게 그런 놈들이 상급 헌터가 됐는지 모르겠다는 듯 말하자 재현도 동감한다는 듯 피식 웃었다.

해가 떨어지기 시작할 즈음이라서 그런지 재현 말고도 하산하는 사람이 많이 보였다.

"결국 허탕을 쳤지만 별수 없지. B급 몬스터는 개체 수도 적은 데다 운이 나빴다고 생각하면 될 일이니까. 아, 그런데 어떻게 하지? 나 인맥이 좁은 데다, 아는 상급 헌터가 없는데."

사람을 가려서 파티를 맺을 상황이 아니라서 여러 의미로 곤란한 재현이다.

이럴 줄 알았으면 사람들과 두루두루 친하게 지낼 걸 그랬다고 생각했다.

"굳이 그럴 필요가 있어? 혼자서 가면 되잖아."

"B급 몬스터를 사냥하려면 파티를 맺어야 되잖아?"

지금 자신이 온 곳의 표지판을 가리켰다. 상급 헌터 최소 3인 이상 파티만 출입 가능. 규식이 피식 웃으며 대답했다.

"그건 몇 안 돼. 이곳은 그중 하나야."

"B급 몬스터 출몰 지역은 무조건 파티를 맺어야 갈 수 있는 것 아니었어?"

규식 대신 옆에서 가방을 작게 둘둘 말며 부피를 최소화하고 있던 영웅이 대답했다.

"아뇨, 혼자서 들어갈 수 있는 곳도 존재해요. 같은 등급이라고 해도 덩치가 작고 비교적 힘이 약한 녀석들도 있으니까요. 과거에는 그곳에서 상급 헌터 심사를 봤다고 하네요."

훈련 프로그램이 활성화되기 전, 상급 헌터가 되기 위해서는 반드시 넘어야 할 것이 B급 몬스터를 사냥하는 일이다.

확실히 가려내기 위해서는 실제 사냥을 해야 했을 것이다.

"거기가 어디인데?"

"광교산이요."

다행히 집에서 꽤 가까운 곳에 위치하고 있었다. 차를 타고 가면 한 시간 안으로 도착할 수 있는 거리였다.

서울에 온 김에 서울 근처의 몬스터 출몰 지역으로 왔는데, 집 근처에도 가까운 곳이 있을 줄이야. 그것까지는 몰랐다.

"그래도 파티를 맺는 게 좋을 거야. 비교적 약한 B급 몬스터들이 서식하는 곳이라고 해도 결코 무시할 수 없으니까."

그러나 규식의 말은 재현의 귀에 전혀 들어오지 않았다. 혼자서 들어갈 수 있는 곳이 있다고 하니 거기에 들어갈 생각으로 가득 찬 것이다.

규식도 그가 딴생각하고 있다는 걸 알고 한숨을 내쉬었다. 혼자 들어갔다가 혼쭐나면 알아서 하겠지, 하고 생각한 것이다.

Chapter 07

B급 몬스터 사냥

집으로 돌아온 현주에게 통화를 시도했다. 뉴스에서는 시베리아에서 몬스터 준동이 이른 시기에 시작되었다면서 보도를 내보내기 바쁘다. 혹시 전화를 못 받을까 싶었지만, 다행히 현주와 통화를 할 수 있었다.

[제자님이 스승이 걱정스러워서 전화를 다 걸다니. 제가 제자 하나는 잘 둔 모양이네요.]

"지금 수화기 너머로 시끄러운데, 혹시 전투 중이세요?"

자세히 들어 보니 근처에서 러시아말이 들려오고 괴성과 함성이 섞여 들렸다.

[뭐, 괜찮아요. 습격해 온 몬스터의 등급도 낮으니까요.

고작 C급밖에 안 돼요.]

C급 몬스터를 고작이라고 할 수 있다니…….

몬스터 준동이라면 몇 마리만 오는 게 아니고 적어도 몇 십 마리가 우르르 몰려올 것이다.

전투 중 통화를 하는 여유까지 부리는 걸 보고 기가 찬 표정을 짓는 재현이었다.

'아무리 나라도 저렇게 하는 건 무리인데.'

마스터 헌터는 확실히 다르다고 해야 할까. 대단하다고 생각하면서도 쉽게 납득이 되지 않는 재현이었다.

[그래요. 무슨 일로 전화하신 거죠?]

용건이 있으니 전화했을 거라고 생각하는 현주. 그녀의 생각은 아주 틀린 게 아니었다.

"아, 실은 오늘 제가 B급 몬스터를 잡으려고 사냥을 갔 는데요."

[예, 그런데요?]

재현은 오늘 있던 일을 전화를 통해 말해 주고서 질문했 다.

"상급 헌터들이 중급 헌터들 엄청 천대하던데. 왜 그런 거예요?"

[생존의 시대를 살았던 상급 헌터들 중에 그런 사람들이 몇몇 있습니다.]

"적은 모양이네요?"

[얼마나 되는지 잘 모르지만 아마 500명 중 100명 정도는 그럴 겁니다.]

"……많네요."

설마 그 정도로 많을 줄은 상상도 못 했다. 그녀의 말대로라면 다섯 명 중 한 명은 중급 헌터를 얕잡아 보고 있다는 말이다.

[생존의 시대 당시에는 누가 먼저 헌터가 되었든 강한 자가 서열이 높아지는 시스템이었어요. 그 때문에 나이가 한참 어린 사람의 명령을 들어야 하는 경우가 많았죠. 지금이야 상황이 달라지고, 인식도 넓어지다 보니 프리랜서처럼 많이 자유로운 분위기가 되었지만요.]

저번의 몬스터 준동처럼 어쩔 수 없는 상황에서는 지휘 체계가 있어야 하다 보니 헌터가 그 자리를 대신한다고 한다.

[그런 사람들은 대우를 못 받아서 그런 것이라고 생각하면 편합니다, 제자님. 자기 때에는 이리 치이고, 저리 치였는데 지금은 그때와 상황이 다르니까 마음에 안 드는 거겠죠.]

"그럼 스승님도 그런 사람들을 많이 봤겠네요?"

[당시에는 정상적인 사람이 오히려 더 살아가기 힘든 때

였어요. 때로는 자신이 살기 위해 남을 희생시키는 경우도 다반사였으니까요. 아무리 순한 사람이라도 영악해져야 할 필요가 있었죠.]

수화기 너머로 비명 소리가 들려온다. 잠깐 노이즈 소리가 들려왔다.

[실라이론. 옆이 뚫렸어요. 허리케인을 써서 퇴로를 확보해 주세요.]

"어…… 많이 바쁘신 것 같은데 끊을까요?"

[아뇨, 괜찮습니다. 정말 여유롭지 않은 상황이면 제가 알아서 끊을 테니 제자님이 궁금한 게 있으면 물어보세요.]

이게 마스터 헌터의 여유라고 할 수 있을까. 과연 다르긴 다르다며 속으로 감탄하며 물어보았다.

"스승님도 그러한 환경에서 지내셨으면 이해하시겠네요?"

[저는 대우를 받거나 못 받거나 할 틈이 없었습니다. 당시 어린 나이여서 헌터들이 저를 배려해 줬으면 배려해 줬지 부려 먹지 않았으니까요.]

"나이가 어느 정도 되었을 때는요?"

[어느 정도 나이가 되었을 때는 다크니아스와 계약했습니다. 어둠의 기운 때문에 혼자 있는 생활이 잦아서 누군

가와 마주칠 겨를도 없었지요. 유일하게 제 곁에 있어 준 사람은 제 남편과 가족뿐이었습니다.]

복합적으로 그녀는 타이밍이 잘 맞아 배려를 받은 기억 밖에 없었다.

전투가 일어나 전세가 불리해지면 가장 먼저 그녀를 대피시킬 정도라고 한다.

그런 그녀가 지금은 헌터 최고라고 할 수 있는 마스터 헌터의 자리에 앉아 있다.

현주의 과거에 대해서는 자세히는 듣지 못했지만, 그녀의 남편을 만나 조금 들어 본 재현이다.

상급 헌터가 된 기념으로 파티를 했을 때 만난 것이다.

전직 헌터였다고 하는데, 능력 상실 증후군에 걸려 지금은 은퇴하고 조용히 지내고 있다고 한다.

듣기로는 고등학생 나이에 만났다가 결혼에 골인했다고 한다.

"꽤나 로맨틱한 상황이었네요."

[지금은 그렇게 생각하지만 그 당시에는 그런 걸 생각할 여유가 없었지만요. 이대로는 내가 어둠의 기운에 잡아먹힌다는 절박함뿐이었으니까요. 제 남편도 대단한 게 제가 계속 투정 부리고 시도 때도 없이 화를 내는데도 계속 제 옆에 있어 주었어요.]

힘든 상황에서도 자신의 곁에 있어 준 덕분에 결혼까지 할 수 있던 것 같다. 아무리 재현이라도 그렇게까지 하기에는 힘들 것 같다는 생각을 했다. 존경할 만한 사람 같았다.

'거기다 투정이라……'

현주가 투정을 부리고 화를 내는 모습을 아무리 떠올려도 쉽게 그 모습이 떠오르지 않았다. 그가 보기에는 누구에게나 매일 웃고 친절한 사람이었으니까.

[제자님도 여자 친구분에게 받기만 하지 말고 뭔가를 주도록 하는 것도 좋은 방법이에요. 정 모르겠거든 제 남편에게 물어보는 것도 좋을 거예요.]

"지금도 노력은 하고 있지만 속 썩이지 않게 조심해야죠."

[그런 마음가짐만 있어도 충분합니다. 결론만 말하자면 그냥 무시하라는 거예요. 그런 사람들이 상급 헌터가 된 것도 신기한 일이지만, 그래도 대부분이 그런 사람들을 싫어하니까요. 좋은 사람들도 꽤 많답니다.]

곧 휴대폰 너머로 뭔가 거대한 소리가 울려 퍼졌다. 갑작스러운 큰 소리에 재현이 귀를 휴대폰에서 떼어 냈다.

"무슨 일이세요?"

[아무래도 일이 좀 바빠지겠네요. 이제 그만 끊을게요. 나중에 또 연락하기로 하죠. 사냥에 집중한다고 수련에 게

을러지지 마세요. 한국에 돌아가서 확인할 테니까요.]

뭔가 급박하게 돌아가는 듯 그녀가 다급히 전화를 끊었다. 조심하라는 말도 하지 못하고 결국 통화가 끊어지자 그는 멍하니 휴대폰 액정을 바라봐야 했다.

어쩌다 보니 사적인 대화로 되었지만 얻을 만한 정보는 얻을 수 있었다. 전투에 필요한 건 아니지만 이런 걸 알아 둬서 나쁠 건 없었다.

*   *   *

광교산. 재현의 집에서 얼마 떨어지지 않은 곳에 위치에 있는 곳이다.

영웅의 말대로 상급 헌터 혼자서 들어간다 해도 딱히 아무런 제재를 하지 않았다. 헌터증을 제출하고 계급과 본인이 맞는지 확인만 하면 그냥 들여보내 주었다.

"사람들이 생각보다 많지 않네."

재현은 잘됐다고 생각하며 트럭을 몰고 입장했다. 몬스터 출몰 지역에 들어가고 얼마 있지 않아 그는 몬스터와 마주했다.

사람들의 수가 적은 덕분에 그는 입장한 지 얼마 되지 않아 몬스터가 나타난 것이다.

그는 서둘러 차에서 내린 후 정령들을 소환하고 즉시 녀석의 정보를 확인했다.

"몬스터 정보!"

음성 패치가 된 덕분에 말만 했을 뿐인데 알아서 레이저가 발사되며 녀석의 정보가 홀로그램으로 나타났다.

이름: 거대 전기 도마뱀

등급: B

종류: 도마뱀과

-전기를 이용한 공격을 하는 몬스터. 몸에서 자연적으로 전기가 흐르기 때문에 거리를 1미터를 유지하고 싸울 것.

주의: 뇌(雷) 속성 면역, 수(水) 속성 반감. 육체에 충격이 닿을 시 번개 방출.

약점: 지(地) 속성 공격에 취약.

설명도 한눈에 알아보기 쉽게 바뀌었다.

급박한 상황에서 일일이 확인하지 못할 때는 주의와 약점만 봐도 큰 도움이 될 것 같았다.

실제로 헌터들이 급박한 상황에서 일일이 확인하는 게 힘들었다며 새로 패치를 요구한 결과 이렇게 바뀐 것이다.

그 덕분에 사상자도 많이 줄었다는 것이 현재 헌터계의 발표였다.

재현도 불필요한 설명이 줄어들고 딱 필요한 정보만 얻은 덕분에 녀석의 정보를 훨씬 빠르게 확인할 수 있었다.

자세히 알고 싶으면 나중에 따로 정보를 불러올 수 있기 때문에 그때 봐도 되었다.

'길이는 대략 2미터 정도…….'

네 발로 움직이다 보니 서 있는 키는 그리 크지 않았지만, 길이를 보면 자신보다 더 커 보였다.

참으로 징글징글하게 생겼다. 간혹 녀석의 몸에서 벌레가 전기 파리채에 닿는 소리가 들리고 있었다.

전기가 흐르는 몸 때문인지 벌레들이 근처에 오면 작은 빛과 함께 바닥에 떨어졌다.

'저놈을 산 채로 포획하면 벌레 걱정 안 해도 되겠네.'

그런 생각을 하면서도 재현은 녀석과 최대한 거리를 벌렸다. 감전되어 본 사람이 감전되면 얼마나 아픈지 안다.

최대한 거리를 유지한 채 녀석을 계속 주시했다. 녀석이 혓바닥을 날름거렸다.

날카로운 발톱과 이빨, 길쭉한 혀를 이용해 대지를 박차고 달려드는 녀석.

"메타이온, 아이언 월."

튼튼한 강철의 벽이 생성되며 전기가 튀어 올랐다. 재현은 한 발자국 뒤로 물러났다.

"노임. 이번에는 네가 활약할 차례야!"

"네! 열심히 할게요!"

드디어 노임에게 적절한 상대가 나타났다. 노임은 힘내겠다는 듯 주먹을 말아 쥐었다. 결의에 찬 그 표정을 보니 믿음직스러웠다.

"운다인. 버프!"

"알았어. 바다의 기상, 물의 축복!"

재현의 몸이 더욱 가벼워지고, 활기가 넘치기 시작했다.

"다크니아스, 디버프!"

"절망, 공포, 절규, 탈진."

다크니아스는 거대 전기 도마뱀에게 네 개의 디버프를 걸었다. 그중 성공한 것은 탈진이었다. 나머지는 저항을 한 탓이다. 그래도 하나라도 걸린 게 어디냐는 생각이 들었다.

"재현아, 나는 뭘 할까?"

아무래도 전류에 대해 완전한 면역을 가진 덕분에 썬다이넨이 할 일은 없어 보였다.

"일단 거리는 벌리겠지만 혹시 모르니까, 녀석의 전류가 내게 안 통하게 네가 서포트 해 줄래?"

"알았어!"

전기를 다루는 것이라면 썬다이넨이 적격이다. 되도록 그에게 충격이 가지 않도록 조종하는 것이 가능할 것이다.

메타이온은 늘 똑같이 방어에 전념하면 되었다. 재현이 대지의 기운을 끌어올리며 정령화를 했다.

"소일 잽!"

흙이 눈처럼 뭉치더니 녀석에게 날아갔다. 데미지를 주는 것보다 간단하게 견제하는 정도의 기술이다.

어느 정도 그 기술이 통하는지, 녀석이 함부로 다가오지 못했다.

간단하지만 견제용으로 가장 좋은 방법이었다. 정령력도 많이 드는 편이 아니었다.

하지만 큰 데미지는 기대하지 않는 편이 좋았다.

함부로 다가오지 못할 뿐, 데미지는 크지 않다는 걸 알았는지, 녀석이 아랑곳하지 않고 재현에게 달려들기 시작했다.

재현은 이때를 노린 것이다.

"노임, 소일 어퍼컷!"

그 순간 녀석의 발치에서 흙덩이가 치솟아 오르며 녀석의 배를 힘껏 가격했다. 녀석의 몸이 붕 떴다.

틈이 보이는 순간을 놓치지 않은 적절한 공격. 가벼운

공격 뒤에 숨겨진 강한 공격. 녀석은 제대로 맞은 듯 켁켁거리며 고통스러워했다.

재현은 이때를 놓치지 않았다. 녀석의 방어가 허술할 때가 기회다. 그는 연이어 공격을 해 나갔다.

"노임, 어스 웨이브!"

흙이 녀석을 향해 파도처럼 맹렬히 몰아쳤다.

사방에서 몰아쳐 진격해 오는 흙은 그 어떤 곳으로도 피할 곳이 없었다. 녀석은 공격에 노출되고, 재현은 발로 땅을 구른다.

흙이 연이어 솟아오르며 녀석에게로 향했다. 날카롭게 변형된 흙. 그리고 녀석이 소일 블레이드에 정통으로 맞았다.

녀석이 더욱 고통스러워했지만, 어째서인지 쓰러지지는 않았다. 재현은 머리를 긁적였다.

"정말 상성 맞아? 충격을 많이 받은 것 같지가 않은데?"

지금 소모한 정령력만 놓고 보자면 C급 몬스터 네 마리는 해치웠을 양이다.

그런데 녀석은 이어진 공격에 맞고도 죽을 기미가 보이지 않았다. 최대한 상처 없이 사냥하려고 했는데 불가능할 것 같았다.

"제가 약해서 죄송해요."

노임은 스스로 자책했다. 아무리 상성이라고 해도 자신의 힘이 약하다고 판단한 것 같았다.

확실히 노임의 기술은 썬다이넨과 같은 강력한 한 방은 없지만 꼭 그렇지만은 않았다.

썬다이넨이 공격력 면에서 소모되는 정령력에 비해 지나치게 효율적일 뿐이다.

절대 약한 공격은 아니었다. 어지간한 몬스터들은 그 정도로도 충분히 사냥이 가능했던 것이다.

'아니면 B급 몬스터들은 그만큼 강력하다는 뜻이겠지.'

B급 몬스터와 C급 몬스터를 같은 취급하면 안 된다. 고작 한 단계 차이라고 해도 D급과 C급의 차이보다 C급과 B급의 차이가 더 심하기 때문이다.

중대형 몬스터들이 많이 있는 B급. 평균적으로 사람의 크기와 비슷한 몬스터들이 대부분인 것과 달리 이 녀석은 생각보다 왜소한 편이기도 했다.

"그래도 못 잡을 녀석은 아니야. 계속 공격하자. 녀석이 지쳐서 쓰러지나, 내가 먼저 쓰러지나."

재현의 말에 다들 고개를 끄덕였다.

*　　　*　　　*

그렇게 30분이나 지났다.

재현은 지친 표정으로 거대 전기 도마뱀을 바라보았다. 녀석의 몸은 재현이 쏟아낸 공격으로 성한 곳이 없었다.

가죽값이 훅 떨어지겠구나 생각하면서 그는 녀석의 시체를 트럭에 태우고 잠시 쉬려는 듯 털썩 주저앉았다.

'다양한 공격을 펼칠 수 있는 파티를 맺고 오라는 이유를 이제야 알 것 같군.'

상성에 맞는 몬스터라고 하더라도 잡기 까다로우니 여러 헌터들과 함께해야 한다. 상성에 맞는 녀석과 싸우는데도 이 정도였다.

"하기야, 하나하나가 포이즌 킬러 앤트 퀸보다 강한 녀석들일 테니까 고전하지 않는 게 더 이상한 건가?"

그는 한숨을 푹 내쉬며 기지개를 켰다.

입장한 지 얼마 되지 않았는데 벌써 정령력도 많이 사용했다.

충분히 휴식하고 싸워야겠구나 생각할 때였다. 근방에서 자동차 소리가 들려왔다.

재현이 고개를 들자 차 한 대가 이쪽으로 오는 것이 보였다. 운전자가 차에서 창문 밖으로 머리를 내밀었다.

"무슨 일 있으세요?"

"아뇨, 아무 일도 없습니다."

재현이 손을 흔들었다. 이렇게 사람을 만날 줄은 몰랐다.

차에 타고 있는 사람은 모두 헌터인 것 같았다. 유리창 안으로는 두 명의 헌터가 더 타고 있었다.

운전자가 잠시 시동을 멈추더니 차에서 내렸다. 그리고 조수석과 뒷좌석에 타고 있던 두 명도 함께 내렸다.

운전자는 주위를 둘러보다가 재현의 옆에 있는 정령들을 발견하고 그에게 물었다.

"혹시 그 주위에 있는 소녀들. 설마 정령입니까?"

"예."

"오, 이렇게 정령사를 볼 줄이야. 하하하 운이 좋았군요. 그나저나 굉장히 많이 계약하셨네요."

운전자는 호탕하게 웃었다. 정령사들의 수가 전 세계적으로 적다 보니 신기했던 것 같았다.

정령사는 생각보다 많이 알려진 능력자 중 하나지만, 꽤 희귀한 능력에 속하기도 했다.

"우리나라에서 상급 헌터 중 정령사가 여자 한 명밖에 없는 걸로 알고 있는데…… 혹시 외국에서 오신 헌터입니까?"

얼마 전에 상급 헌터가 된 재현이다.

대한민국에서 상급 헌터들이 500명밖에 되지 않는 탓에 능력을 알아볼 수 있는 것 같았다. 재현은 고개를 저었다.

"한국의 헌터입니다. 저번 심사 때 상급 헌터가 되었습니다."

"아, 5년 만에 탄생했다는 그 상급 헌터 말이로군요! 설마 이렇게 젊은 사람이 합격할 줄이야. 정말 놀랍군요. 아, 저는 장영철이라고 합니다."

장영철은 재현에게 손을 내밀었다. 정령들은 딱히 아무렇지도 않아 하는 걸 보니 최소한 신용할 만한 사람 같았다.

재현은 장영철의 손을 잡았다.

"박재현이라고 합니다."

"그나저나…… 상급 헌터가 된 지 얼마 되지 않았는데 B급 몬스터를 해치우다니. 어지간히도 재능이 뛰어난 모양입니다."

중급 헌터 때 자이언트 크라켄, 오크 로드, 포이즌 앤트 퀸을 잡아 본 적이 있다고 말하면 기절할 것 같다.

포이즌 앤트 퀸은 전류에 매우 취약한 덕분에 해결됐지만 자이언트 크라켄과 오크 로드는 필사적이었다.

운과 우연이 따라 준 덕분에 어떻게든 해치웠지만 지금은 다시 하라고 해도 못 할 것이다.

"예. 제 힘을 확인하고 싶어서 왔습니다만…… 상성에 맞아 편할 거라고 생각했는데, 막상 사냥해 보니 현실은 만만치 않더라고요."

재현은 트럭 뒤에 실린 거대 전기 도마뱀을 가리켰다. 그들은 녀석을 바라보다가 곧 놀라운 듯 재현을 바라보았다.

"상성에 맞는다 하더라도 혼자서 잡으신 것만 해도 대단한 거라고 생각합니다만."

"……."

B급 몬스터들은 상성에 맞는 몬스터라고 하더라도 다른 헌터들은 쉽게 잡을 수 없다는 뜻이리라. 재현은 머쓱한 표정으로 머리를 긁적였다.

"뭐, 그건 그렇고 어디 다치신 곳은 없습니까?"

왜 없겠는가. 싸우다가 몇 번 감전된 재현이다.

썬다이넨과 계약을 한 덕분에 그 피해량이 적었지만 손가락이 자신의 의지에 반해서 계속 경련을 일으키고 있었다.

썬다이넨의 말로는 조금 쉬면 괜찮아질 거라고 해서 치료수를 마시고 잠시 쉬고 있던 참이다.

"뭐, 괜찮습니다."

아직 움직일 만하고, 잠시 휴식을 취하니 방금 전보다

훨씬 괜찮아진 느낌이다.

"설마 진짜로 혼자서 사냥을 하러 오는 사람이 있을 줄은 몰랐습니다. 비교적 약한 B급 몬스터들이 서식하는 곳이라도 혼자서 올 엄두를 내지 못할 텐데."

재현도 그 말에는 적극 공감했다.

무리를 짓지 않는 몬스터를 만나서 이 정도지, 만일 무리를 지은 몬스터를 만났더라면 달아나야 했을지도 모른다.

"그런데 이곳에 자주 오시나요?"

이곳에 자주 오면 근방에 있는 몬스터들의 위치를 더욱 쉽게 알 수 있을 거란 생각이 들었다.

조금 더 수월한 몬스터가 있으면 그 몬스터를 사냥할 생각이었다. 하지만 그들은 고개를 저었다. 아쉽지만 이곳에 자주 오는 사람이 아니라는 뜻이다.

"저희들은 길드에서 왔습니다."

"길드요?"

"레지던트 헤븐 길드입니다. 길드 의뢰로 여길 찾아왔습니다."

길드 의뢰. 길드에서는 길드 의뢰라는 것이 따로 있다.

길드에서만 따로 의뢰를 맡아서 할 수 있는 것이다. 주로 많은 인원이 필요한 의뢰일 때 많이들 의뢰한다.

"혹시 그 거대 전기 도마뱀을 저에게 팔 수 있는지요? 거래소에서 파는 것보다 더 얹어서 드리겠습니다."

아무래도 이번에 그들이 맡은 의뢰가 거대 전기 도마뱀을 잡는 것이었던 모양이다. 많이 잡으면 잡을수록 의뢰금이 올라가는 종류인 것 같다.

"저야 상관없긴 합니다만."

어차피 팔려고 했던 재현이다. 오히려 값을 더 얹어 주겠다고 하니 그에게 손해 볼 것도 없다.

재현이 흔쾌히 승낙하자 그가 환하게 웃었다.

"다행입니다. 거대 전기 도마뱀은 워낙 잘 보이지 않는 몬스터라서 좀 오래 걸릴 거라 생각했거든요. 아, 지금 입금하겠습니다."

그들은 단말기를 꺼내고, 재현은 헌터증 번호를 알려 주었다. 헌터증 번호는 계좌 번호와 동일하게 사용할 수 있다.

그가 단말기의 번호를 입력하자 곧 영수증이 출력됨과 함께 재현의 킵보이에서 돈이 입금되었다는 메시지가 나타났다.

가죽도 꽤 많이 손상되었는데도 3억 5천만 원이나 주었다.

"손상도는 신경 안 쓰고, 5천만 원을 더 얹어서 드렸습니다."

재현은 머리를 긁적였다.

'이게 거래소보다 더 좋은 가격인지 어떤지 잘 모르겠
네.'

이 몬스터를 팔아 본 적이 없어서 가격을 모른다.

그러나 가죽이 많이 손상되었는데 이 정도 준 것을 보면
정말 많이 준 것 같다는 생각이 들기는 했다.

트럭 짐칸에 태운 거대 전기 도마뱀을 나머지 두 헌터가
들고 자신들의 차 뒤에 실었다.

"그런데 혼자서 여긴 어쩐 일로 오신 겁니까?"

거대 전기 도마뱀을 옮기자 뒤늦게 그가 재현에게 물어
왔다. 재현은 어깨를 으쓱였다.

"B급 몬스터가 얼마나 강한지 확인하려고 왔습니다. 혼
자 출입이 가능한 곳을 골랐는데 마침 집 근처라서 오게
된 겁니다. 가까운 곳이니 시간적으로 부담도 되지 않고
요."

"하하하. B급 몬스터는 어땠습니까?"

"말도 마십시오. 제 힘의 절반 정도를 소모해서야 간신
히 한 마리 잡았습니다. 무리를 이루는 몬스터였다면……
어휴."

자기 혼자서 감당하지 못했을 것이라는 말은 굳이 하지

않아도 알아들을 수 있었다. 그러나 중년 남성의 얼굴에는 호기심 가득한 얼굴이었다.

"힘의 절반 정도라. 상급 헌터가 된 지 얼마 되지 않고 그 정도면 대단한 거지요. 어린 나이에 재능이 정말 뛰어난 것 같습니다."

재현은 머리를 긁적였다. 칭찬은 고맙고도 기쁘지만 몇 번 들어도 부끄러웠기 때문이다.

"과거에도 자질이 뛰어난 아이가 있긴 했지만요."

뭔가 추억으로 가득한 표정을 짓는 그를 보며 고개를 갸우뚱거리는 재현.

과거에 무슨 일이라도 있었나 싶었지만, 사연 없는 헌터는 없는 법이다. 특히 생존의 시대 당시의 사람들은 더욱 그러했다.

그들의 나이로 보건대 생존의 시대 당시 사람들일 확률이 컸다. 적게 잡아도 나이가 50대 후반이다.

과거에 좀 많은 일을 겪었겠거니 생각하며 자리에서 일어났다. 이제 어느 정도 움직이는 데 지장이 없었다.

"그런데 어떤 몬스터를 잡으시려고 오신 겁니까? 혼자 온 걸 보면 뭔가 사냥하려고 온 것 같은데."

"딱히 뭘 잡겠다 해서 온 게 아닙니다."

의뢰를 받고 온 것이 아니기 때문에 어떤 몬스터를 잡아도 상관이 없었다.

"아, 그럼 혹시 저희랑 같이 파티를 하지 않겠습니까?"

그가 환하게 웃으며 재현에게 제안했다. 재현은 머리를 긁적였다.

길드 의뢰는 인원이 부족하면 용병을 구해서 가는 경우도 있다.

길드에 속해 있다고 해도 딱히 강제성이 따르는 것이 아니기 때문에 전부 모여서 사냥을 가는 것이 아니었다.

때로는 이렇게 사냥터 근방에서 사람을 구하는 경우도 적잖아 있었다.

"뭐, 상관없긴 합니다만. 의뢰 내용은 뭡니까?"

의뢰 내용을 모르고 승낙하기는 그랬다. 일단 무슨 의뢰인지 알고, 조건을 보고 하는 게 좋을 거란 생각이 들었다.

"별것 없습니다. 거대 전기 도마뱀 한 마리, 아만도크와 야드리거 각각 열 마리만 잡아서 가면 되는 겁니다. 아, 더 잡으면 추가 수당을 준다고 합니다."

간단하게 몬스터 소탕 의뢰이다. B급 몬스터를 그만큼 잡으려면 며칠을 잡고 해야 할 의뢰였다.

"아만도크와 야드리거는 뭡니까?"

"둘 다 짐승형 몬스터입니다. 아이언 와일드 보어처럼 덩치가 큰 몬스터이죠. 생김새는 같지만 아만도크는 사족 보행, 야드리거는 직립 보행을 한다는 차이점이 있습니다."

뭔지 모르겠지만, 세 명이서 사냥을 가려고 했던 것이라면 함께해도 괜찮을 것 같다는 생각이 들었다.

아무런 확신도 없이 무턱대고 사냥을 하러 가는 것은 초급 헌터들이나 하는 행동이었다.

물론 중급 헌터들 중 일부도 있겠지만, 대부분 확신과 만반의 준비를 한 후 사냥에 돌입한다.

상급 헌터가 되었으니 당연히 자신도 언젠가는 마주할 몬스터이다.

혼자서 가는 것보다 여러 명이 함께 가는 게 훨씬 더 안전할 것이란 생각이 들었다.

"그럼 조건을 들어 보죠."

손해 볼 생각은 전혀 없는 재현이다.

일단 의뢰를 맡은 헌터들과 파티를 맺을 때는 의뢰를 돕는 것이기 때문에 자신도 의뢰비를 나누어 가질 권리가 있었다.

의뢰비에 도움을 준 헌터가 의뢰비 일부를 요구하는 것은 헌터계에서 당연한 것이기도 했다.

"의뢰비는 N분의 1로 나누는 것으로 하죠. 아, 거대 전기 도마뱀을 구입한 것은 안 돌려주셔도 됩니다. 의뢰비도 나중에 포함해서 나눠 가지도록 하지요."

그 정도만 해도 충분히 재현에게 이득이었다.

"좋습니다. 하도록 하죠."

"오, 정말 다행입니다. 하하하! 상급 헌터의 정령사이니 믿음직스럽다는 생각이 드는군요."

정령사는 마법사들보다 강한 공격을 펼친다고 알려져 있다. 게다가 상급 헌터이니 그 실력은 이미 증명된 것과 같다. 분명 믿음직스러운 정령사라고 생각하고 그가 대답했다.

"아, 그러고 보니 제 소개가 늦었군요. 저는 장영철. 순간 가속 능력자입니다."

"순간 가속이요?"

재현에게 순간 가속 능력이 무엇인지는 생소했다.

"몇 초간 몸을 빠르게 움직이게 하는 능력입니다. 장담하는데 순간적인 가속은 전 세계에서 저를 따라올 사람이 없을 겁니다."

스스로의 능력에 대한 자부심이 대단한 사람이다.

자신이 능력에 대한 자부심을 갖는 거야 모든 헌터들이 가지고 있는 것이니 자만한다는 생각은 하지 않았다.

장영철의 설명이 끝나고, 남은 두 명의 헌터. 그 둘은 재현에게 인사했다. 그중 중년의 여성이 소개했다.

"류진아라고 합니다. 텔레파시 능력자입니다. 후방에서 지휘를 맡고 있죠."

텔레파시는 재현도 정령들과 나누고 있기 때문에 대충 어떤 식으로 되는지 알고 있었다.

전투 능력이 없기 때문에 어쩔 수 없이 후방에서 지휘밖에 하지 못하는 모양이다.

그리고 보니 유일하게 그녀만 중무장을 하고 있었다. 지휘를 하면서 후방에서 화력도 같이 지원하는 모양이다.

"제 이름은 김재하. 라이트 컨트롤러입니다."

"라이트 컨트롤러는 뭡니까?"

"쉽게 말하자면 빛을 다루는 초능력자입니다."

증명을 하듯 김재하의 손에서 터져 나오는 빛. 갑작스럽게 빛이 쏟아지자 다크니아스가 께름칙한 표정을 지었다.

어둠과 빛은 상극. 다가가기 싫다는 표정이 역력하다.

다크니아스는 빛을 피해 재현의 등 뒤로 숨었다.

김재하는 다크니아스가 자신을 피하는 것을 보자 고개를 갸우뚱거렸다. 의도적으로 자신을 피하고 있다는 걸 안 것이다.

'다크니아스. 초면인 사람에게 실례야.'

[그래도 싫은걸.]

자신의 생각을 숨기지 않고 솔직하게 표현하는 다크니

아스다. 재현은 한숨을 내쉬며 설명했다.

"어둠의 정령이라서 빛을 싫어해요."

"햇빛은 별로 안 무서운가 보네요?"

"정령들이 속성에는 민감하니까요. 햇빛은 계약 후 제약이 사라졌지만, 초능력은 다르거든요. 빛의 속성이 있는 이상 데미지가 온 거겠죠."

"어이쿠. 죄송합니다."

김재하는 얼른 빛을 거두었다. 의도한 것은 아니지만 정령에게 피해를 끼친 까닭이다. 그제야 다크니아스가 재현의 옆으로 나왔다.

그러자 문득 장영철이 다크니아스를 바라보았다.

"잠깐, 어둠의 정령?!"

"왜요?"

"아니…… 혹시 자네. 괜찮나?"

당황한 나머지 어느새 반말로 대하는 장영철. 재현은 오히려 그게 더 의문이 든다는 표정을 지었다.

'어둠의 정령에 대해 알고 있는 건가?'

일부러 찾아보지 않는 이상 알기 어려운 사실. 바로 어둠의 정령과 계약하면 타락한다는 얘기다.

그의 표정을 보니 어둠의 정령에 대해 어느 정도 알고 있는 눈치였다. 재현은 머리를 긁적이며 대답해 주었다.

"전 괜찮아요. 극복하는 법을 따로 수련도 하고 있으니까요."

"그래……? 본인이 그렇다고 한다면야 할 말은 없지만."

그래도 조금 불안한 기색이 엿보인다.

어둠의 정령과 계약한 정령사들의 말로를 아는 자들이라면 그 불안도 어쩔 수 없는 것이리라.

재현은 어둠의 힘을 물리는 수련을 한 덕분에 그럴 염려가 적지만 말이다.

어쨌든 다들 자신의 능력과 이름을 소개했으니 이제 재현도 자신을 소개할 차례였다.

"저는 박재현. 물, 번개, 금속, 땅, 어둠의 정령을 다루고 있어요. 어둠의 정령은 상급, 나머지는 전부 중급 정령이죠. 아, 편하게 반말하셔도 돼요."

"물의 정령인 운다인이라고 해!"

"번개의 정령인 썬다이넨이야!"

정령들은 손을 들며 자신들을 소개하기까지 했다. 이상하게 정령들이 나이 많은 사람에게 반말을 해도 딱히 이상하게 느껴지지 않았다. 유일하게 누구든 가리지 않고 존댓말을 쓰는 것은 노임뿐이었다.

정령들 덕분에 인원이 확 늘어난 기분을 맛보며 그들은 곧 몬스터 출몰 지역 깊숙이 들어가기 시작했다.

　　　　*　　　*　　　*

　광교산은 다른 산들과 달리 식물형 몬스터들도 다수 있는 곳이다. 그 때문에 부자연스러운 식물들에는 특히 주의를 당부했다.

　색이 같아서 잘 위장된 것 같지만, 가까이에서 보면 꼭 그렇지는 않았다.

　열대에나 있을 법한 식물도 다수 있었다.

　"마비 포식 꽃이로군. 일단 해독제를 먹어서 마비에는 대비했다 해도 너무 가까이 가지 않게 조심하는 게 좋아."

　몬스터를 잡기 위해서는 해독제는 필수다. 재현도 그들이 나누어 준 해독제를 복용하고 같이 들어온 상황이다.

　설마 광교산 안에 이러한 몬스터가 다수 있을 줄은 전혀 예상치 못했다.

　"이건 안 잡아요?"

　"그건 F급 몬스터야. 몬스터 중 가장 최약체. 별로 돈이 안 돼. 무엇보다 이놈들이 식물이 잘 자라도록 양분을 제공해 주니까 그냥 놔두는 게 좋지."

　재현은 마비 포식 식물의 정보를 확인했다.

이름: 마비 포식 꽃

등급: F-

종류: 식물과

－마비 독을 가지고 있는 식물. 곤충과 소형 생물체를 잡아먹는 꽃이다. 마비 독이 강력하지 않음.

주의: 마비 독은 강하지 않으나 제대로 된 전투를 하지 못하게 될 수 있다. 해독제는 꼭 지참하고 다닐 것.

약점: 화 속성에 매우 치명적.

장영철의 말대로였다. 이게 몬스터가 맞는지 의심이 들 정도로 크기도 작았으며 등급도 형편이 없다.

과연 몬스터 중 최약체라는 말이 무엇인지 확 와 닿았다. 그러나 30개월 미만의 아기를 잡아먹을 만큼의 크기는 되었다.

날카로운 암술과 수술이 있는 곳에는 가시 부분이 있었다. 이것이 독침이자 녀석의 이빨일 것이다.

팔을 충분히 물 수 있는 정도였다. 물리면 가볍게 끝나지 않을 것 같아 보이기는 했다.

재현은 후드를 깊게 눌러쓰며 보호대로 목을 보호했다. 독침을 쏴도 철저하게 방어하기 위함이다.

마비 포식 꽃을 무시하고 더욱더 산으로 들어가니 류진

아가 정지 수신호를 보냈다.

다들 그 수신호에 맞춰 몸을 낮췄다. 그녀가 가리키는 곳에는 몬스터 몇 마리가 어슬렁거리고 있었다.

"아만도크다."

재현은 아만도크의 정보를 확인했다.

이름: 아만도크

등급: B

종류: 멧돼지과

-숲의 포식자라고 불린다. 큰 덩치와 질긴 가죽은 모든 이들에게 공포를 선사한다. 강력한 이빨은 건강한 나무조차 단번에 절단해 버린다.

주의: 지, 수 속성에 면역. 화 속성 저항. 덩치에 비해 매우 재빠름. 돌출된 이빨에는 세균이 많음.

약점: 뇌, 독에 치명적.

멧돼지이긴 한데…… 덩치가 엄청 크다. 아이언 와일드 보어보다 족히 2배는 큰 덩치.

바로 앞에서 보면 위압감이 생길 정도로 어마어마한 위용을 자랑했다. 워낙 덩치가 큰 덕분에 자신의 몸을 숨길 곳이 적어 바로 포착할 수 있었다. 거기다 어찌 된 것인지

자기들끼리 치고받고 싸우고 있었다.

류진아가 망원경으로 녀석을 살펴보더니 텔레파시를 보냈다.

[운이 좋았어. 지금 짝짓기를 위해서 경쟁하고 있어.]

여러 마리가 뭉쳐 있는 것은 다 짝짓기 때문. 일반 동물만 아니라 몬스터도 짝짓기를 위해 수컷끼리 경쟁하는 경우가 허다했다.

녀석들도 그것 때문에 지금 치열한 경쟁을 하고 있는 것이다.

[지금 다섯 마리. 그 한 마리 때문에 넷이서 아주 제대로 치고받고 있네. 암컷이 녀석들 사이에서 미인에 속하나봐. 녀석들의 진이 빠질 때 공격하자.]

힘이 다 빠졌을 때가 기회. 가끔 짝짓기 때문에 죽이는 것도 허다하니 기다리는 것이 오히려 이득이다.

최대한 녀석들이 힘을 빼고, 상처를 입었을 때가 절호의 기회! 그들이 몸을 숨기고 목소리도 최대한 죽였다.

"정찰을 보낼까요? 적절한 시기에 공격하는 게 좋잖아요. 노임이라면 충분히 가능해요."

재현도 최대한 목소리를 죽인 상태에서 물어보았다. 류진아가 고개를 끄덕였다.

"예, 그게 좋겠네요. 그럼 그렇게 하도록 하세요."

유일하게 재현에게 말을 놓지 않은 사람은 류진아뿐이었다.

"예. 노임, 부탁할게."

재현은 노임에게 하여금 녀석들이 싸움이 끝나는 때를 알려달라고 부탁했다.

"알겠어요."

그에게서 설명을 들은 노임이 땅속으로 들어갔다. 땅속으로 들어간 노임은 조심스럽게 녀석들 근방으로 이동해 주의를 살폈다.

[세 마리가 한 마리에게 달려들고 있어요. 아무래도 가장 강한 몬스터부터 공격해서 물러가게 하려는 것 같아요.]

노임은 계속해서 상황을 중계했다. 재현은 목소리를 낮추며 노임이 전달하는 상황을 그들에게 알려 주었다.

상황이 좋게 흘러가자 다들 만반의 준비를 했다.

류진아는 어깨에 메고 있던 소총에 탄창을 결합하고, 장영철은 먼저 뛰어나갈 준비를 하고 있었다.

김재하는 손을 들어 햇빛을 모으기 시작했다.

라이트 컨트롤러의 능력을 사용하기 위해서는 반드시 빛이 필요하다는 것이 그의 설명이었다.

햇빛이 아닌 전구의 빛이 있어도 능력을 사용할 수 있지만 파괴력은 없다고 한다.

이유를 들어 보니 햇빛은 열기가 있는데, 전구의 빛은 열이 매우 미약하다는 것이다. 때문에 언데드과 몬스터에게만 공격이 가능하다고 한다.

그는 빛이 없는 곳에서는 무능력자나 다름이 없다고…….

당연히 그 때문에 밤이나 날이 흐린 날은 사냥을 나가지 못한다. 햇빛이 압축되어 그의 손에 모이기 시작했다.

약 10분간 치열하게 치고받는 소리가 들리고, 노임이 신호했다.

[다들 지치고 상처 입은 지금이에요!]

'노임, 녀석들이 도망치지 못하게 해!'

재현의 말에 따라 노임이 즉시 땅속에서 뛰쳐나와 녀석들이 도망치지 못하도록 흙으로 벽을 만들었다. 갑작스러운 습격에 녀석들이 당황한다.

"지금!"

망원경으로 상황을 살피던 류진아가 소리치자 가장 먼저 뛰쳐나간 것은 장영철이다. 순간 가속이라는 말이 무엇인지 그의 행동을 보고 알 수 있었다.

장영철은 크라우칭 스타트 자세로 달려 나갔다.

이쪽에서 아만도크가 있는 곳까지의 거리는 그리 가깝다고는 할 수 없다. 하지만 그는 말 그대로 눈 깜짝할 새에 가장 상처가 많은 녀석에게 달려들었다.

장검을 든 장영철은 아만도크의 옆구리를 크게 베었다.

"꿰이이익!"

순식간에 공격당한 녀석이 비명을 내지른다. 갑작스러운 습격에 당황하고 있을 때가 적기이다.

뒤이어 류진아가 다른 녀석이 오지 못하게 총을 쏘았다. 지척을 울리는 총성이 귀를 강하게 때렸다.

결코 녀석들에게 쉴 틈을 주지 않게 맹렬히 공격했다.

김재하는 손으로 한 녀석을 겨누며 저격할 준비를 했다. 이곳에서 가장 순간 위력이 강한 능력자는 김재하다.

재현도 녀석들을 향해 뛰쳐나갔다. 그는 앞으로 뛰쳐나가다가 굴러다니는 돌멩이를 주워 정령력을 씌웠다.

재현은 장영철과 대치한 아만도크를 향해 돌멩이를 던져 틈을 만들어 주고, 다른 녀석에게 달려갔다.

녀석들에게 가장 치명적인 일격을 줄 수 있는 방법은 재현에게도 있었다.

"썬다이넨, 라이트닝 스톰!"

녀석들이 뭉쳐 있는 곳에 전류가 터지듯 퍼져 나간다. 순식간에 세 마리가 그의 공격을 받고 비명을 지른다. 그는 손을 펼쳤다.

"아이언 블레이드."

근접전을 위해 재현의 손에도 검이 생성되었다. 그때 재현의 옆으로 일자로 무엇인가가 빠르게 쏘아졌다.

김재하가 아직 공격을 받지 않은 아만도크를 향해 능력을 사용한 것이다. 어찌나 정확한지, 아만도크의 이마 정중앙에 그의 공격이 먹혀들었다.

한 번에 즉사할 만큼 만만치는 않은 모양이다. 아만도크는 비명을 지를지언정 죽지는 않았다. 그래도 큰 타격을 준 덕분인지 정신을 차리지 못했다.

'역시 베테랑들이로군.'

팀워크가 장난이 아니었다. 심지어 처음 투입한 재현의 전투 스타일에 맞춰서 적절하게 공격해 나갔다.

"노임!"

그저 불렀을 뿐인데, 노임은 재현이 말하고자 하는 의도를 알아차렸다.

노임이 팔을 들어 올리는 모션을 취하자 그가 있는 땅이 솟아오르며 발판이 만들어졌다.

재현은 발판을 밟으며 더 높이 올라갔다. 그리고 한 녀석의 위로 떨어졌다.

재현은 아만도크의 머리에 정확히 착지함과 동시에 검을 녀석의 정수리에 쑤셔 박았다.

그의 무게와 중력이 가해진 공격.

제아무리 가죽이 단단하다고 할지라도 높은 위치에서 떨어지는 검날을 방어할 방법이 없었다.

스파파팟!

재현은 손에 강력한 전류를 머금으며 녀석에게 일격을 날렸다.

외부에서 전해지는 전류에도 취약한 녀석인데, 체내 깊숙이 가해지는 전류에는 손쓸 방도가 없었다.

결국 한 녀석이 재현의 손에 쓰러졌다. 순식간에 한 마리를 해치운 재현. 장영철도 지금 막 처음 공격했던 아만도크를 잡은 참이다. 남은 것은 이제 세 마리.

녀석들의 전투력으로는 이 인원으로 전부 상대하기 부족하지만, 암컷을 제외하고 지치고 상처 입은 상태이다.

게다가 재현이 번갯불로 지졌으니 아직도 그 충격이 남아 있을 것이다.

녀석들이 능동적으로 대처하지 못한 것은 갑자기 습격을 당해서이다.

경쟁자를 굴복시키기 위한 전투로 인해 녀석들의 움직임이 원활하지 못한 것도 크게 한몫했다.

게다가 녀석들은 무리를 지어 다니는 녀석들이 아니었다.

무리를 짓는 것도 새끼와 어미뿐이다. 그것도 잠깐, 새끼들이 다 자라면 미련 없이 떠나는 것이 아만도크이다.

무리끼리 싸우는 법도 모르니 모여서도 각개격파를 당하는 건 당연한 일이다.

"다크니아스, 쉐도우 바인드!"

다크니아스가 손가락을 흔들자 녀석들의 그림자가 다리를 꽉 붙들기 시작했다. 갑자기 움직이지 못하게 된 녀석들.

"썬다이넨, 라이트닝 버스트!"

썬다이넨의 손에서 여러 줄기의 전류가 퍼져 나가며 녀석들에게 일제히 쏟아진다.

무자비하게 쏟아지는 전류가 녀석들의 몸에 직격하고, 녀석들이 멱따는 소리를 내기 시작했다.

녀석들의 육중한 몸이 쓰러져서야 전격이 멈추었다.

'윽! 어지러워.'

라이트닝 스톰만 하더라도 만만찮은 정령력을 사용한다. 거기에 무한정 쏟아낸 라이트닝 버스트.

한꺼번에 많은 양의 정령력을 소비한 덕분인지 재현은 어지럼증을 호소했다. 재현의 상황을 가장 먼저 알아차린 다크니아스가 그를 부축해 주었다.

"고마워."

"이 정도로 뭘."

다크니아스가 빙그레 웃어 보이자 재현은 피식 웃었다. 정령력 탱크를 확인하니 아직 충분한 정령력이 남아 있었다.

정령력이 부족해서 생긴 것이라기보다 갑작스럽게 다량으로 빠져나가서 생긴 어지럼증인 것 같았다.

"재현아, 괜찮아?"

옆에 있던 운다인은 즉시 정화수를 만들어 그에게 건네주었다.

재현은 정화수를 마셨다. 이것만 마셔도 충분히 도움이 되리라 생각하고 재현은 즉시 정화수를 들이켰다.

"고마워, 운다인."

재현은 운다인의 머리를 쓰다듬어주었다. 헤헤 웃는 운다인. 그리고 다크니아스가 뾰로통한 표정을 지었다.

"나는?"

모습은 성인이라고 해도 정령은 정령. 계약자에게 칭찬을 받고 싶은 것은 똑같은 모양이다. 재현은 피식 웃으며 다크니아스의 머리도 쓰다듬어 주었다.

일단 전투가 끝나면 다들 칭찬을 해 주기로 했다.

"나는 나서지 못했지만…… 나도 언제든 방어를 하려고 했어……."

메타이온은 자신도 칭찬해 달라는 듯 바라보고 있었다.

재현이 잘했다는 듯 메타이온의 머리를 쓰다듬는다. 전투가 일단락되었으니 잠시 여유가 생겼다. 하지만 그것은 재현의 착각이었다.

"조심해!"

장영철이 재현을 향해 소리쳤다. 다급히 뒤를 바라보니 암컷 아만도크 한 마리가 달려들고 있었다.

류진아와 김재하가 공격에 들어갔다.

류진아의 총알은 정확히 녀석의 옆구리에 가해졌지만 충격만 주었을 뿐이다. 대괴수용 섬멸탄이 아닌 보통 대괴수용탄이었던 모양이다.

녀석은 휘청거리지도 않고 재현을 향해서만 달려온다. 다시 쏘려고 했지만, 노리쇠가 후퇴고정된 상황.

탄창에 있던 총알을 다 썼다는 뜻이었다. 이제 믿을 것은 김재하. 하지만 그는 급히 공격한 모양인지 제대로 맞추지 못했다.

장영철이 다급히 그에게 달려가려고 했지만 능력을 사용하지 못하는 모양이다.

능력을 사용할 수 있는 시간이나 제약이 있는 듯 보였다. 하지만 재현은 당황하지 않고 몸을 쓰러지듯 뒤로 넘어뜨렸다.

"다크니아스, 다크 게이트."

그의 후방에 다크 게이트가 생성된다. 재현의 모습은 어둠과 함께 사라졌다.

갑자기 재현이 사라지자 목표를 잃은 아만도크가 크게 당황한다. 재현은 곧 녀석이 전혀 예상치 못했던 곳에서 나타났다.

바로 녀석의 등이었다. 순식간에 녀석의 등에 탄 재현. 그의 양손에 단검이 생성되었다. 그는 힘차게 휘둘러 녀석의 몸에 단검을 박았다.

쉽게 빠지지 않는 단검. 하지만 오히려 잘된 일이었다. 재현이 온몸을 녀석에게 밀착하며 소리쳤다.

"라이트닝 바디(Lightning Body)!"

그의 전신에 고압 전류가 감돌았다. 곧 녀석의 몸에도 반응이 왔다.

단검과 그의 몸을 통해 흐르는 강력한 전류. 녀석은 자신의 의지대로 소리가 나오지 않는 듯 몸을 떨고 있다.

재현은 녀석의 몸을 끝까지 끌어안으며 단검에 집중해 녀석의 몸에 고압 전류를 흘렸다.

몸 깊숙이 침투한 고압 전류. 녀석의 움직임은 완전히 정지하고 옆으로 쓰러졌다.

재현은 재주도 좋게 녀석이 쓰러지기 전에 재빨리 뛰어내렸다. 가만히 있었다면 재현은 녀석에게 깔렸을 것이리라.

"쉴 틈이 없네. 쉴 틈이 없어."

재현은 한숨을 푹 내쉬며 자리에 털썩 주저앉았다.

힘이 빠진 녀석들이 이 정도다. 암컷은 싸우지 않아 체력이 온전했다고 하지만 꽤 장시간 고압 전류를 흘려야 했다.

자리에 털썩 주저앉은 재현. 일단 옮기는 것은 나중에 하기로 했다. 지금 당장은 쉬는 게 좋겠다고 생각한 것이다.

터벅터벅 누군가가 재현에게 다가왔다.

뒤를 바라보니 장영철이 놀란 얼굴로 그에게 다가오고 있었다. 장영철뿐만 아니라 류진아와 김재하도 입을 다물지 못하고 그를 바라보고 있었다.

이제 막 상급 헌터가 된 자가 이 정도 위용을 보이니 당연히 놀랄 만하다고 생각했다.

솔직히 재현이 다 잡은 것이나 마찬가지기 때문이다. 그러나 그들이 놀란 이유는 그것이 아니었다.

장영철은 재현의 어깨를 붙잡으며 물었다.

"너 현주랑 어떤 관계냐?"

"예?"

장영철의 입에서 익숙한 이름이 나오자 오히려 재현이 더 놀라고 말았다.

"정령의 기술을 쓰는 건 현주 외에는 없는데, 네가 어떻게 그걸 쓰는 거지? 게다가 어둠의 기운을 극복하는 수련을 하고 있다고? 생각해 보니…… 그건 현주가 아니면 극복하는 법을 모를 텐데?"

연이어 질문을 퍼붓는 장영철. 재현은 오히려 더욱 혼란스러웠다.

그의 입에서 현주의 이름이 나올 줄 몰랐고, 아는 사이였다는 것도 전혀 예상하지 못했기 때문이다.

"어떻게 스승님의 이름을 아세요?"

"스승!"

장영철이 반가운 표정을 지었다. 너무도 놀라고, 혹시나 해서 물어본 것인데 정말 현주랑 아는 사이일 줄은 몰랐기 때문이다.

게다가 스승이라니. 더더욱 놀라울 수밖에 없었다.

"하하하! 설마 그 꼬맹이가 제자를 둘 줄이야. 아, 벌써 시간이 꽤 지났으니 이제 아줌마가 다 됐겠군."

꼬맹이. 현주를 꼬맹이라고 부르는 사람이 있을 줄은 몰랐다. 모욕이라기보다 별명이나 애칭 정도의 어감이었다.

"그런데 어떻게 아셨어요?"

"돌멩이를 던져서 틈을 만들어 줬을 때 의심을 했지. 꼬맹이가 우리랑 사냥할 때 자주 했던 거거든. 효과도 좋았고. 여러 정령사를 만났지만 꼬맹이와 너 외에는 아무도 그렇게 하지 않았어."

장영철이 어깨를 으쓱하고, 김재하가 거들었다.

"무엇보다 정령사가 앞으로 뛰쳐나가는 것도 꼬맹이 외에는 없었고 말야."

정령사는 근접전보다 후방에서 화력을 지원해 주는 역할이 강했다. 그러나 재현이나 현주는 후방에만 있지 않았다.

오히려 근접전을 펼치며 직접 몸으로 싸우는 것이었다.

정령화로 인해 직접적인 공격이 가능하기 때문이다. 물론 후방에서 공격해도 된다. 군이 이렇게 근접전을 펼치는 이유는 또 따로 있었다.

육체적으로 힘들어도 근접해서 싸우는 것이 명중률이 높아지고, 데미지가 더 잘 들어가기 때문이다.

현주가 싸우는 것을 본 적이 없지만, 근접에서 싸우는 걸 선호하는 편이라며 근접전에서 어떻게 몬스터를 공격하는지도 배웠다.

"스승님에 대해 많이 아시나 보네요?"

"꼬맹이는 레지던트 헤븐 길드의 초기 멤버 중 한 명이거든. 어느 날 메시지로 탈퇴하겠다고 보내온 게 마지막이었지."

그 말을 끝으로 그는 추억에 잠긴 얼굴로 하늘을 응시했다. 장영철뿐만 아니라 류진아와 김재하도 같은 표정으로 멍하니 하늘을 응시하는 중이었다.

＊　　　＊　　　＊

어제저녁에 시베리아에서 발생된 몬스터 대준동이 끝났다는 속보가 들려왔다.

한국과 달리 넓은 평원이 펼쳐진 덕분에 몬스터들을 일일이 찾아 나서지 않아도 한눈에 보였기 때문이다.

몬스터 대준동이 길어지는 요인 중 하나는 강한 몬스터가 나타나는 것보다 국가적으로 지형이 좋지 않은 것이 더 컸다.

생각보다 빨리 우두머리를 찾아내어 집중 공격을 펼친 결과였다.

시베리아의 몬스터 대준동은 준동이 시작된 지 며칠 되지 않아 끝났다.

한국에서는 꽤 오래 걸렸던 것과 대조되는 일이었다.

러시아의 몬스터 준동이 끝나고 귀국한 현주. 그리고 재현은 그녀를 만나고서 질문을 했다.

"장영철, 류진아, 김재하라…… 오랜만에 듣는 이름이

군요."

현주는 아련한 표정을 짓고 있었다. 실라이론 또한 마찬가지의 표정을 짓고 있었다. 역시 아주 잘 아는 사이였다.

"그 사람들을 만났던 건가요?"

"예. 어쩌다 보니 우연찮게 만났네요. 스승님이 가르쳐 준 전투법대로 싸우다가 그쪽에서 먼저 알아챘어요."

"그 사람들이라면 충분히 알아차릴 만도 하죠. 다크니아스와 계약하기 전 자주 파티를 맺어서 사냥을 했었으니까요."

"……그런데 왜 탈퇴하신 거예요?"

그들이 말을 해 주지 않았지만 혹시 서로 간 문제가 있었던 것일까란 생각이 들었다.

조심스럽게 물어보는데, 그가 조심스럽게 묻자 현주는 피식 웃으며 대답해 주었다.

"마스터 헌터는 길드에 속하는 것이 불가능하기 때문이죠. 딱히 법으로 정해진 건 아니지만 길드 활동을 할 수 없습니다. 길드 의뢰보다 국가에서 의뢰를 하기 때문이죠. 저는 주로 해외에 파견 나가는 일이 많습니다."

딱히 서로 간 문제가 있던 것은 아니라는 말을 듣자 재현이 안도의 한숨을 내쉬었다.

내일도 같이 사냥하기로 했는데, 서로 불편한 관계였으

면 재현이라고 편하게 사냥할 수는 없었을 것이다.

현주가 거짓말을 하는 것 같지 않으니 안심이 되었다.

"아, 그리고 그들은 제가 마스터 헌터라는 것을 모르고 있으니 비밀로 해 주세요."

"예? 모르고 있어요?"

뜻밖이었기에 재현은 고개를 갸우뚱거렸다. 설마 예전부터 아는 사이였던 그들이 그녀가 마스터 헌터였다는 사실조차 몰랐다니.

"언론에도 마스터 헌터의 얼굴이 안 찍히는데 어떻게 알겠어요. 찍힌다 하더라도 내보내지도 못하고요. 무엇보다 제가 말하고 다니는 성격도 아니고요. 제가 마스터 헌터라는 걸 아는 사람은 제 남편과 제자님 그리고 여자 친구분이 전부예요. 심지어 제 자식들과 부모님들도 제가 마스터 헌터라는 걸 모르죠. 헌터라는 것만 알죠."

그렇게나 철저히 자신을 드러내지 않을 줄은 몰랐다. 재현은 새삼스러운 표정으로 그녀를 바라보았다.

'난 가족에게는 말하는데.'

물론 믿지는 않지만 말이다. 그러고 보니 현주가 서울 시내 한복판을 돌아다녀도 그녀를 알아보는 사람이 없었다.

오히려 그녀의 미모에 돌아보거나, 타고 다니는 차량을

보고 사진 찍기에 바쁠 뿐. 헌터의 개인 정보는 국가적인
차원에서 관리한다.

그중 마스터 헌터의 개인 정보는 1순위일 것이다.

"나중에 시간이 되면 보고 싶긴 하지만…… 시간이 안
되는군요. 아쉽게도 당분간 B급 몬스터와 A급 몬스터를
줄이는 일에 집중해야 되거든요."

마스터 헌터는 자주 일이 생기고는 한다. 국가에서 고작
다섯 명. 귀한 인재이지만, 몬스터 소탕에서 가장 큰 전력
이 되는 자들이다.

한국에도 B급과 A급 몬스터들이 있는데, 개체 수가 적
은 것도 있지만 그들이 정기적으로 숫자를 줄여 주는 덕분
에 늘어나지 않는 것도 있었다. 또한 그들에게 맡기는 것
이 효율적이기도 했다.

이번에 한국의 마스터 헌터가 네 명이나 파견을 간 덕분
에 꽤 많은 몬스터들이 늘어났으리라 판단했다.

B급부터 개체 수가 적어진다고 하더라도 몬스터들의 번
식력은 무시무시한 것이었다. 며칠만 지나도 수백 마리가
쌓일 수 있다.

"내일 만나기로 했다고 했죠?"

"예."

"그럼 그들에게 나중에 시간이 되면 제가 먼저 연락하

겠다고 제 안부를 전해 주세요. 안 본 지 좀 오래되어서인
지 보고 싶네요."

그러다가 문득 현주가 뭔가 생각났다는 듯 질문했다.

"아 참. 그들이 절 어떻게 부르던가요?"

재현은 고개를 갸웃거리며 대답해 주었다.

"꼬맹이라고 부르던데요?"

어차피 애칭 정도로 사용하는 것이니 말하는 것에는 망
설임이 없었다.

"꼬맹이라고 불릴 시기는 한참 전에 지났지만 그들에게
저는 아직도 꼬맹이인 모양이군요. 아마 그렇게 부른 사람
은 장영철 아저씨겠죠?"

후후 웃는 모습은 어쩐지 살벌하게마저 느껴졌다.

옆에서 다크니아스가 이를 감지하고 소매를 잡고 흔드
는 걸 보니 어둠의 기운 때문이라고 생각했다.

"안부를 더 추가하도록 하죠. 제 말을 그대로 전해 주도
록 하세요, 제자님. 장영철 아저씨. 저 이제 꼬맹이 아니에
요, 라고."

반드시 아저씨를 붙여서 전해 달라고 하는 현주. 재현은
고개를 갸웃거리며 생각했다.

'친한 거…… 맞겠지?'

재현이 혼란스러워하는 가운데, 현주는 그저 미소를 지

을 뿐이었다.

* * *

그렇게 이튿날이 되었다. 약속 시간이 되기 10분 전에 도착한 재현.

잠시 몸을 풀고 있는데, 몬스터 출몰 지역 입구에서 그들이 차를 타고 들어왔다. 차를 몰고 온 사람은 장영철이었다. 그가 창문을 내리며 고개를 밖으로 내밀었다.

"오, 꽤나 빨리 도착했군."

"오셨어요?"

"오래 기다렸나?"

"아뇨, 방금 전 도착했어요."

간단하게 몸을 풀고 있었을 뿐이다. 몸이 다 풀렸을 때 딱 와 주었다. 그들이 차를 주차하고 장비를 하기 시작했다. 대부분 류진아의 짐이었다.

"아, 꼬맹이가 뭐라고 하든?"

장영철은 현주의 소식을 기다리고 있었다.

"언제 한번 시간을 내서 만나고 싶다고 하네요. 러시아에서 돌아온 지 얼마 되지 않아서 좀 바쁜데요."

"쉬지 않고 열심히 일하는 모양이군. 예전이나 지금이

나 참 열심히 하네.”

몬스터들이 대거 몰려오다 보니 누구라도 몬스터 준동이 무서울 수밖에 없었다. 그것은 상급 헌터라도 마찬가지.

오히려 등급이 높은 헌터일수록 더 많이, 더 높은 등급의 몬스터를 잡아야 했다.

상급 헌터는 B~A급 몬스터까지 잡을 수 있는 권한이 있다. 물론 만만찮은 일이다. B급만 해도 쩔쩔매는 상급 헌터가 있는데 A급 몬스터라면 얼마나 힘들지 상상도 안 된다.

어지간히 많은 상급 헌터가 있지 않는 이상 A급 몬스터를 잡는 것은 꿈도 못 꿀 일이다.

“그런데 러시아? 몬스터 준동 때문에 파견 간 건가? 난 무서워서 몬스터 준동에 함부로 끼지 못하겠던데 꼬맹이는 두려운 것도 없나 보네.”

그들은 정말 현주가 마스터 헌터라는 것을 모르는 것 같았다. 현주가 당부한 대로 마스터 헌터가 되었다는 것은 비밀로 하기로 했다.

“뭐 그것 말고 다른 말은 안 하던?”

장영철의 물음에 재현은 현주가 추가적으로 전해 달라는 것을 그대로 전해 주었다.

"어…… 장영철 아저씨, 저 이제 꼬맹이 아니에요, 라고 전해 달라고 하셨어요."

"하하하! 그 녀석은 여전하군. 그렇게 오빠라고 부르라고 했는데 아저씨라고 부르는 걸 보니."

장영철은 뭐가 그렇게 웃긴지 눈가에 눈물이 맺힐 정도로 하하하 웃어 젖혔다. 옆에서 듣고 있던 김재하가 기가 찬 표정으로 딴죽을 걸었다.

"네가 꼬맹이라고 불러서 그러는 거잖아."

"꼬맹이 맞잖아. 지금은 아니지만."

"이제 다 큰 녀석에게 아직도 꼬맹이라고 부르는 걸 보면 너도 참 집요하다고 느껴진다."

그저 안부를 전해 준 것뿐인데도 분위기가 확 달아올랐다. 한참 웃던 그들은 곧 정신을 차리고 안으로 들어가기로 했다.

어제 재현이 선방해 준 덕분에 아만도크를 꽤 많이 잡을 수 있었다. 그 외에도 다른 몬스터도 꽤 잡았다.

오늘 잡을 몬스터는 야드리거다. 장영철은 마주하는 헌터들에게 야드리거가 서식하는 곳을 물어보았다.

그렇게 길을 물어서 간 결과 야드리거를 어렵잖게 마주칠 수 있었다.

이름: 야드리거

종류: 멧돼지과

등급: B

－아만도크와 생김새가 같은 몬스터. 다만 직립 보행을 한다는 큰 차이점이 있다. 생김새는 비슷하지만 다리와 팔이 진화했다. 완전히 진화하지 않아 발톱이 남아 있음. 매우 파괴적이다. 아만도크에서 시작해 진화한 것으로 보임. 덩치가 큰 덕분에 빠르지 않다.

주의: 지, 수 속성에 저항.

약점: 뇌, 독, 화 속성에 치명적.

덩치가 조금 더 작고 이빨이 퇴화한 것만 빼고 모습은 영락없는 아만도크다.

덩치가 작아졌다고 해도 인간과 비교하면 몇 배는 크다. 또한 어찌나 키가 큰지. 못해도 3미터는 족히 되어 보였다.

그런데 약간 희소식이 있었다. 녀석들이 있는 곳에서 싸우는 소리가 들린 탓이다.

"여기도 짝짓기 하나? 또 대판 싸우고 있는데?"

아무래도 이 시기가 아만도크와 야드리거의 짝짓기 철인 것 같았다.

마주칠 때마다 느끼는 거지만 경쟁자와 참 치열하게 싸우는구나란 생각이 들었다.

또 강한 녀석과 싸우는 듯 네 마리의 야드리거가 한 마리에게 집중적으로 공격을 가하고 있었다.

그들은 나무 뒤에 몸을 숨기고 그 장면을 지켜보았다.

진화한 발굽을 이용해 상대를 공격하는 야드리거들. 그러면서 강한 일격을 맞은 듯, 한 마리가 크게 날아갔다.

"와, 정말 강한 녀석과 싸우는 모양인데? 혹시 야드리거 우두머리급인가?"

재현도 고개를 살짝 내밀어 보고 있었다. 마침 한 마리의 야드리거가 강한 일격을 맞고 쓰러진 참이었다.

"우두머리면 어떻게 해요? 보스급 몬스터면 더 강하지 않나요?"

"그렇긴 한데 보스급 야드리거는 꽤 돈이 되기도 해. 무엇보다 이 인원이면 충분히 잡아 볼 수도 있고 말이지."

자신 있게 말하는 김재하. 그는 산을 걸어 올라 올 때부터 빛과 열을 모으는 데 집중하고 있었다.

꽤 많은 양의 힘을 저장해 두고 있어 장시간 싸우는 것이 가능했다. 아니면 한꺼번에 힘을 쏟아 부어 강력한 일격을 가하는 것도 가능했다.

류진아는 대괴수용 섬멸탄으로 가득 채운 탄창을 끼우

고 소리가 녀석들에게 닿지 않게 조심스럽게 노리쇠를 움직여 장전했다.

다들 보스급 야드리거는 두렵지 않아 보였다.

'하기야, 모두 생존의 시대를 겪은 사람들인데 몇 번 잡아 봤겠지.'

그들이 있어서 안심이라고 생각하고 있는데, 그들의 표정이 점점 심상치 않게 변해 간다.

재현은 다시 녀석들이 싸우는 모습을 관찰하고서 눈을 찡그렸다.

어느새 네 마리의 몬스터가 순식간에 당하고 먹히고 있었기 때문이다. 우득우득 뼈까지 씹어 먹는 기괴한 소리가 여기까지 울려 퍼졌다.

"야드리거는…… 동족을 잡아먹나요?"

그들은 고개를 저었다. 그들이 아는 야드리거는 동족을 해치는 일이 빈번히 있어도 잡아먹지 않았다.

그렇다면 야드리거가 아니라는 소리였다. 그때 바람이 불기 시작했다.

방금 전까지 바람 한 점 불지 않았는데 그 바람이 녀석에게로 퍼져 나갔다. 그 탓에 그들의 냄새가 퍼졌다.

야드리거를 식사 중이던 녀석이 인간의 냄새를 맡은 듯 자리에서 일어났다.

녀석이 한 발 한 발 옮길 때마다 땅이 흔들렸다. 녀석이 커튼을 걷어내듯 나무를 옆으로 넘어뜨렸다.

단단하게 뿌리박힌 나무가 녀석의 힘에 힘없이 옆으로 기울어지고, 드디어 녀석의 본모습이 드러났다.

야드리거가 아니었다. 그렇다고 돌연변이도 아니었다.

몬스터들 중 돌연변이가 있기는 하지만, 녀석은 야드리거의 돌연변이라고 하기에는 종족 자체가 달랐다.

날카롭게 빛나는 녀석의 눈과 마주친다. 그 눈빛을 보고 재현의 동공이 쉴 새 없이 흔들렸다.

당황해서 아무런 행동도 못 하고 있는 것은 재현 만이 아니었다. 장영철, 류진아, 김재하도 재현과 다를 바 없는 표정을 짓고 있었다.

가장 먼저 정신을 차린 것은 류진아였다.

"오, 오우거!"

모두의 얼굴이 사색으로 변하고…….

"우워어어어어!"

오우거의 거친 포효가 하늘에 길게 울려 퍼졌다.

〈다음 권에 계속〉